Franz Kafka

Lettre au père

*Traduit de l'allemand
par Marthe Robert*

Gallimard

Ce texte est extrait du recueil
Préparatifs de noce à la campagne (L'Imaginaire n° 158).

Titre original :
BRIEF AN DEN VATER

Né à Prague en 1883 dans une famille de la petite bourgeoisie commerçante, Franz Kafka a vécu toute son enfance dans l'ombre autoritaire et peu bienveillante de son père ; une expérience qu'il confiera dans sa *Lettre au père*, et dont il tirera un récit métaphorique, *La métamorphose* (1913), où un voyageur de commerce se transforme subitement en insecte et se voit exclu de la société et rejeté par sa famille.

Après de brillantes études de droit, il commence en 1907 à travailler au sein de compagnies d'assurances. Ce milieu professionnel, qu'il choisit uniquement pour le temps libre qu'il peut ainsi consacrer à l'écriture, jouera un rôle capital dans la vision du monde social que son œuvre reflète avec la plus extrême précision : des systèmes bureaucratiques où l'organisation complexe tourne à vide et où la rationalité conduit à l'absurde. K., personnage métaphorique récurrent dans l'œuvre de l'auteur, se voit ainsi confronté à l'aveuglement judiciaire dans *Le procès* (1914), puis à la disparition de son existence « légale » dans *Le château* (publié en 1926).

Solitaire, introverti, Franz Kafka connaît quelques liaisons au cours de sa vie, mais s'avère incapable de véritablement s'engager autrement, ce dont témoignent les nombreuses et magnifiques lettres à Milena et à Felice. Ses angoisses personnelles reflètent les fantasmes et les angoisses d'un monde moderne déshumanisé, qu'il dépeint avec force dans une série de nouvelles glaçantes où l'insolite côtoie une lucidité et un dépouillement qui confinent à l'abstraction (*À la colonie péni-tentiaire, Un artiste de la faim, La muraille de Chine*).

En septembre 1917, Kafka apprend qu'il est atteint d'une tuberculose pulmonaire. Dès 1920, les séjours au sanatorium se multiplient et finissent de l'isoler. Il meurt le 3 juin 1924, des suites de sa maladie.

Découvrez, lisez ou relisez les livres de Franz Kafka :

LA MÉTAMORPHOSE (Folio n° 74 ou Folio classique n° 2017)

LE PROCÈS (Folio n° 101)

L'AMÉRIQUE (Folio n° 803)

LE CHÂTEAU (Folio n° 284)

À LA COLONIE PÉNITENTIAIRE et autres récits (Folio n° 192)

UN ARTISTE DE LA FAIM et autres récits (Folio classique n° 2191)

LA MURAILLE DE CHINE et autres récits (Folio n° 654)

LETTRES À MILENA (L'Imaginaire n° 200)

PRÉPARATIFS DE NOCE À LA CAMPAGNE (L'Imaginaire n° 158)

LETTRE AU PÈRE/BRIEF AN DEN VATER (Folio bilingue n° 48)

LA MÉTAMORPHOSE/DIE VERWANDLUNG (Folio bilingue n° 14)

UN MÉDECIN DE CAMPAGNE et autres récits/EIN LANDARZT und andere Erzählungen (Folio bilingue n° 56)

Très cher père,

Tu m'as demandé récemment pourquoi je prétends avoir peur de toi. Comme d'habitude, je n'ai rien su te répondre, en partie justement à cause de la peur que tu m'inspires, en partie parce que la motivation de cette peur comporte trop de détails pour pouvoir être exposée oralement avec une certaine cohérence. Et si j'essaie maintenant de te répondre par écrit, ce ne sera encore que de façon très incomplète, parce que, même en écrivant, la peur et ses conséquences gênent mes rapports avec toi et parce que la grandeur du sujet outrepasse de beaucoup ma mémoire et ma compréhension.

En ce qui te concerne, les choses se sont toujours présentées très simplement, du moins pour ce que tu en as dit devant moi et, sans discrimination, devant beaucoup d'autres personnes. Tu voyais cela à peu près de la façon suivante : tu as travaillé durement toute ta vie, tu as tout sacrifié pour tes enfants, pour moi surtout ; en conséquence, j'ai « mené la grande vie », j'ai eu liberté entière d'apprendre ce que je voulais, j'ai été préservé des soucis matériels, donc je n'ai pas eu de soucis du tout ; tu n'as exigé aucune reconnaissance en échange, tu connais « la gratitude des enfants », mais tu attendais au moins un peu de prévenance, un signe de sympathie ; au lieu de quoi, je t'ai fui depuis toujours pour chercher refuge dans ma chambre, auprès de mes livres, auprès d'amis fous ou d'idées extravagantes ; je ne t'ai jamais parlé à cœur ouvert, je ne suis jamais allé te trouver au temple, je n'ai jamais été te voir à Franzensbad, d'une manière générale je n'ai jamais eu l'esprit de famille, je ne me suis jamais soucié ni de ton commerce, ni de tes autres affaires, j'ai soutenu Ottla dans son entêtement et, tandis que je ne remue pas le petit doigt pour toi (je ne t'apporte même pas un billet de théâtre), je fais tout pour mes amis. Si tu résumes ton jugement sur moi, il s'ensuit que ce que tu me reproches n'est pas quelque chose de positivement inconvenant ou méchant (à l'exception peut-être de mon dernier projet de mariage), mais de la froideur, de la bizarrerie, de l'ingratitude. Et ceci, tu me le reproches comme si j'en portais la responsabilité, comme s'il m'avait été possible d'arranger les choses autrement — disons en donnant un coup de barre —, alors que tu n'as pas le moindre tort, à moins que ce ne soit celui d'avoir été trop bon pour moi.

Cette description dont tu uses communément, je ne la tiens pour exacte que dans la mesure où je te crois, moi aussi, absolument innocent de l'éloignement survenu entre nous. Mais absolument innocent, je le suis aussi. Si je pouvais t'amener à le reconnaître, il nous serait possible d'avoir, je ne dis pas une nouvelle vie, nous sommes tous deux beaucoup trop vieux pour cela, mais une espèce de paix, — d'arriver non pas à une suspension, mais à un adoucissement de tes éternels reproches.

Chose singulière, tu as une sorte de pressentiment de ce que je veux dire. Ainsi, par exemple, tu m'as dit récemment : « Je t'ai toujours aimé et quand même je ne me serais pas comporté extérieurement avec toi comme d'autres pères ont coutume de le faire, justement parce que je ne peux pas feindre comme d'autres. » Or, père, je n'ai jamais, dans l'ensemble, douté de ta bonté à mon égard, mais je considère cette remarque comme inexacte.

Tu ne peux pas feindre, c'est juste ; mais affirmer pour cette unique raison que les autres pères le font, ou bien relève de la pure chicane, ce qui interdit de continuer la discussion, ou bien — et selon moi, c'est le cas — exprime de façon voilée le fait qu'il y a quelque chose d'anormal entre nous, quelque chose que tu as contribué à provoquer, mais sans qu'il y ait de ta faute. Si c'est vraiment cela que tu penses, nous sommes d'accord.

Je ne dis pas, naturellement, que ton action sur moi soit seule cause de ce que je suis devenu. Ce serait exagéré (et je tombe même dans cette exagération). Quand j'aurais été élevé absolument à l'écart de ton influence, il est fort possible que je n'eusse pu devenir un homme selon ton cœur. Sans doute aurais-je tout de même été un être faible, anxieux, hésitant, inquiet, ni un Robert Kafka, ni un Karl Hermann, mais j'aurais cependant été tout autre et nous aurions parfaitement pu nous entendre. J'aurais été heureux de t'avoir comme ami, comme chef, comme oncle, comme grand-père, même (encore qu'avec plus d'hésitation) comme beau-père. Mais comme père, tu étais trop fort pour moi, d'autant que mes frères sont morts en bas âge, que mes sœurs ne sont nées que bien plus tard et que, en conséquence, j'ai dû soutenir seul un premier choc pour lequel j'étais beaucoup trop faible.

Fais une comparaison entre nous : moi, en abrégeant beaucoup, un Löwy avec un certain fond Kafka qui, justement, n'est pas stimulé par cette volonté qui porte les Kafka vers la vie, les affaires, la conquête, mais par un aiguillon Löwy dont l'action plus secrète, plus timide, s'exerce dans une autre direction, et souvent même cesse tout à fait. Toi, en revanche, un vrai Kafka par la force, la santé, l'appétit, la puissance vocale, le don d'élocution, le contentement de soi-même, le sentiment d'être supérieur au monde, la ténacité, la présence d'esprit, la connaissance des hommes, une certaine générosité — tout cela, bien entendu, avec les défauts et les faiblesses que comportent ces qualités et dans lesquels tu es rejeté par ton tempérament et souvent par tes accès de colère. Peut-être n'es-tu pas entièrement Kafka dans ta manière générale de voir, pour autant que je puisse te comparer à l'oncle Philippe, à Ludwig et à Heinrich. C'est étrange, ici non plus, je ne vois pas très clair. Il est certain qu'ils étaient tous plus gais, plus alertes, moins contraints, plus sociables, moins sévères que toi (en cela, d'ailleurs, je tiens beaucoup de toi et j'ai beaucoup trop bien géré l'héritage, sans toutefois que ma constitution possédât les contrepoids nécessaires dont tu disposes). Mais d'autre part, il se peut que tu aies connu des époques différentes sous ce rapport, tu étais peut-être plus gai avant d'avoir été déçu et accablé par tes enfants à la maison (quand il y avait des étrangers, en effet, tu n'étais plus le même) et il se peut que tu le sois davantage depuis que tes petits-enfants et ton gendre t'apportent un peu de cette chaleur que tes propres enfants, à part Valli peut-être, ne pouvaient pas te donner. En tout cas, nous étions si différents et si dangereux l'un pour l'autre du fait de cette différence que, si l'on avait voulu prévoir comment nous allions, moi, l'enfant se développant lentement, et toi, l'homme fait, nous comporter l'un envers l'autre, on aurait pu supposer que tu allais me réduire en poussière et qu'il ne resterait rien de moi. Or cela ne s'est pas produit, les choses vivantes ne se calculent pas à l'avance ; mais il s'est produit quelque chose de plus grave peut-être. En disant cela, je te prie instamment de ne pas oublier que je ne crois pas le moins du monde à une faute de ta part. Tu as agi sur moi comme il te fallait agir, mais il faut que tu cesses de voir une méchanceté particulière de ma part dans le fait que j'ai succombé à cette action.

J'étais un enfant craintif, ce qui ne m'empêchait pas d'être têtu, comme le sont les enfants ; il est certain aussi que ma mère me gâtait, mais je ne puis pas croire que j'aie été un enfant particulièrement difficile à mener, je ne puis pas croire qu'on n'eût pu obtenir tout ce qu'on voulait de moi en me parlant sur un ton affectueux, en me prenant posément par la main, en me regardant avec bonté. Or tu es bien, au fond, un homme bon et tendre (ce qui suit n'y contredira pas, car je parle uniquement de l'apparence que tu prenais aux yeux de l'enfant quand tu agissais sur lui), mais tous les enfants n'ont pas la persévérance et l'audace de chercher aussi longtemps qu'il faut pour arriver à la bonté. Tu ne peux traiter un enfant que selon ta nature, c'est-à-dire en recourant à la force, au bruit, à la colère, ce qui, par-dessus le marché, te paraissait tout à fait approprié dans mon cas, puisque tu voulais faire de moi un garçon plein de force et de courage.

Aujourd'hui, je ne peux évidemment pas décrire de façon immédiate tes méthodes d'éducation au cours des toutes premières années, mais je peux assez bien les imaginer en les déduisant de ce qu'elles ont été plus tard, ainsi que de la façon dont tu traites Félix. À quoi il convient d'ajouter cette circonstance aggravante que tu étais, à l'époque, plus jeune, donc plus alerte, plus violent, plus spontané, encore plus insouciant qu'aujourd'hui ; que tu étais, en outre, totalement pris par ton commerce et que, te montrant à peine une fois par jour, tu faisais sur moi une impression d'autant plus profonde qu'elle était rare et que l'habitude ne risquait guère de l'affaiblir.

De mes premières années, je ne me rappelle qu'un incident. Peut-être t'en souvient-il aussi. Une nuit, je ne cessai de pleurnicher en réclamant de l'eau, non pas assurément parce que j'avais soif, mais en partie pour vous irriter, en partie pour me distraire. De violentes menaces répétées plusieurs fois étant restées sans effet, tu me sortis du lit, me portas sur la *pawlatsche*[1] et m'y laissas un moment seul en chemise, debout devant la porte fermée. Je ne prétends pas que ce fût une erreur. Peut-être t'était-il impossible alors d'assurer le repos de tes nuits par un autre moyen ; je veux simplement, en le rappelant, caractériser tes méthodes d'éducation et leur effet sur moi. Il est probable que cela a suffi à me rendre obéissant par la suite, mais intérieurement, cela m'a causé un préjudice. Conformément à ma nature, je n'ai jamais pu établir de rela-

1. Le balcon qui fait le tour de la cour intérieure dans les maisons d'Europe Centrale.

tion exacte entre le fait, tout naturel pour moi, de demander de l'eau sans raison et celui, particulièrement terrible, d'être porté dehors. Bien des années après, je souffrais encore à la pensée douloureuse que cet homme gigantesque, mon père, l'ultime instance, pouvait presque sans motif me sortir du lit la nuit pour me porter sur la *pawlatsche*, prouvant par là à quel point j'étais nul à ses yeux.

À cette époque, ce n'était qu'un modeste début, mais ce sentiment de nullité qui s'empare si souvent de moi (sentiment qui peut être aussi noble et fécond sous d'autres rapports, il est vrai) tient pour beaucoup à ton influence. Il m'aurait fallu un peu d'encouragement, un peu de gentillesse, j'aurais eu besoin qu'on dégageât un peu mon chemin, au lieu de quoi tu me le bouches, dans l'intention louable, certes, de m'en faire prendre un autre. Mais à cet égard, je n'étais bon à rien. Tu m'encourageais, par exemple, quand je marchais au pas et saluais bien, mais je n'étais pas un futur soldat; ou bien tu m'encourageais quand je parvenais à manger copieusement ou même à boire de la bière, quand je répétais des chansons que je ne comprenais pas ou rabâchais tes phrases favorites, mais rien de tout cela n'appartenait à mon avenir. Et il est significatif qu'aujourd'hui encore, tu ne m'encourages que dans les choses qui te touchent personnellement, quand ton sentiment de ta valeur est en cause, soit que je le blesse (par exemple, par mon projet de mariage), soit qu'il se trouve blessé à travers moi (par exemple quand Pepa m'insulte). C'est alors que tu m'encourages, que tu me rappelles ma valeur et les partis auxquels je serais en droit de prétendre, que tu condamnes entièrement Pepa. Mais sans parler du fait que mon âge actuel me rend déjà presque inaccessible à l'encouragement, à quoi pourrait-il me servir s'il n'apparaît que là où il ne s'agit pas de moi en premier lieu.

Autrefois, j'aurais eu besoin d'encouragement en toutes circonstances. Car j'étais déjà écrasé par la simple existence de ton corps. Il me souvient, par exemple, que nous nous déshabillions souvent ensemble dans une cabine. Moi, maigre, chétif, étroit; toi, fort, grand, large. Déjà dans la cabine je me trouvais lamentable, et non seulement en face de toi, mais en face du monde entier, car tu étais pour moi la mesure de toutes choses. Mais quand nous sortions de la cabine et nous trouvions devant les gens, moi te tenant la main, petite carcasse pieds nus vacillant sur les planches, ayant peur de l'eau, incapable de répéter les mouvements de natation que, dans une bonne intention, certes, mais à ma grande honte, tu ne cessais littéralement pas de me montrer, j'étais très désespéré et, à de tels moments, mes tristes expériences dans tous les domaines s'accordaient de façon grandiose. Là où j'étais encore le plus à l'aise, c'est quand il t'arrivait de te déshabiller le premier et que je pouvais rester seul dans la cabine pour retarder la honte de mon apparition publique, jusqu'au moment où tu venais voir ce que je devenais et où tu me poussais dehors. Je t'étais reconnaissant de ce que tu ne semblais pas remarquer ma détresse, et, d'autre part, j'étais fier du corps de mon père. Il subsiste d'ailleurs aujourd'hui encore une différence de ce genre entre nous.

À ceci répondit par la suite ta souveraineté spirituelle. Grâce à ton énergie, tu étais parvenu tout seul à une si haute position que tu avais une confiance sans bornes dans ta propre opinion. Ce n'était pas même aussi évident dans mon enfance que cela le fut plus tard pour l'adolescent. De ton fauteuil, tu gouvernais le monde. Ton opinion était juste, toute autre était folle, extravagante, *meschugge*, anormale. Et avec cela, ta confiance en toi-même était si grande que tu n'avais pas besoin de rester conséquent pour continuer à avoir raison. Il pouvait aussi arriver que tu n'eusses pas d'opinion du tout, et il s'ensuivait nécessairement que toutes les opinions possibles en l'occurrence étaient fausses, sans exception. Tu étais capable, par exemple, de pester contre les Tchèques, puis contre les Allemands, puis contre les Juifs, et ceci non seulement à propos de points de détail, mais à propos de tout, et, pour finir, il ne restait plus rien en dehors de toi. Tu pris à mes yeux ce caractère énigmatique qu'ont les tyrans dont le droit ne se fonde pas sur la réflexion, mais sur leur propre personne. C'est du moins ce qu'il me semblait.

Au vrai, tu avais si souvent raison contre moi que c'en était surprenant; rien de plus naturel quand cela se passait en paroles, car nous allions rarement jusqu'à la conversation, mais tu avais raison même dans les faits. Cependant, il n'y avait, là non plus, rien de spécialement incompréhensible : j'étais lourdement comprimé par toi en tout ce qui concernait ma pensée, même et surtout là où elle ne s'accordait pas avec la tienne. Ton jugement négatif pesait dès le début sur toutes mes idées indépendantes de toi en apparence; il était presque impossible de supporter cela jusqu'à l'accomplissement total et durable de l'idée. Ici, je ne parle pas de je ne sais quelles idées supérieures, mais de n'importe quelle petite affaire d'enfant. Il suffisait simplement d'être heureux à propos d'une chose quelconque, d'en être empli, de rentrer à la maison et de le dire, et l'on recevait en guise de réponse un sourire ironique, un hochement de tête, un tapotement de doigts sur la table : « J'ai déjà vu mieux », ou bien : « Viens me dire ça à moi », ou bien : « Je n'ai pas la tête aussi reposée que toi », ou bien : « Ça te fait une belle jambe ! », ou bien encore : « En voilà un événement ! » Il va sans dire qu'on ne pouvait pas te demander de l'enthousiasme pour chacune de nos bagatelles d'enfants, alors que tu étais plongé dans les soucis et les peines. D'ailleurs, il ne s'agissait pas de cela. L'important, c'est plutôt qu'en vertu de ta nature opposée à la mienne et par principe, tu étais toujours poussé à préparer des déceptions de ce genre à l'enfant, que l'opposition s'aggravait constamment grâce à l'accumulation du matériel, qu'elle se manifestait par habitude, même quand tu étais par hasard de mon avis et que, puisque aussi bien il s'agissait de ta personne et que ta personne faisait autorité en tout, les déceptions de l'enfant n'étaient pas des déceptions de la vie courante, mais touchaient droit au cœur. Le courage, l'esprit de décision, l'assurance, la joie de faire telle ou telle chose ne pouvaient pas tenir jusqu'au bout quand tu t'y opposais ou même quand on pouvait te supposer hostile ; et cette supposition, on pouvait la faire à propos de presque tout ce que j'entreprenais.

Cela s'appliquait aussi bien aux idées qu'aux personnes. Il te suffisait que quelqu'un m'inspirât un peu d'intérêt — étant donné ma nature, cela ne se produisait pas souvent — pour intervenir brutalement par l'injure, la calomnie, les propos avilissants, sans le moindre égard pour mon affection et sans respect pour mon jugement. Des êtres innocents et enfantins durent en pâtir. Ce fut le cas de l'acteur yiddish Löwy, par exemple. Sans le connaître, tu le comparais à de la vermine, en t'exprimant d'une façon terrible que j'ai maintenant oubliée, et tu avais automatiquement recours au proverbe des puces et des chiens, comme tu le faisais si souvent au sujet des gens que j'aimais. Je me rappelle particulièrement bien l'acteur, parce qu'à cette époque, j'ai écrit ce qui suit sur ta manière de parler de lui. « C'est ainsi que mon père parle de mon ami (qu'il ne connaît pas du tout), uniquement parce qu'il est mon ami. C'est quelque chose que je pourrai toujours lui opposer quand il me reprochera mon manque de gratitude et d'amour filial. » Je n'ai jamais pu comprendre que tu fusses aussi totalement insensible à la souffrance et à la honte que tu pouvais m'infliger par tes propos et tes jugements. Moi aussi, je t'ai sûrement blessé plus d'une fois en paroles, mais je savais toujours que je te blessais, cela me faisait mal, je ne pouvais pas me maîtriser assez pour retenir le mot, j'étais encore en train de le prononcer que je le regrettais déjà. Tandis que toi, tu attaquais sans te soucier de rien, personne ne te faisait pitié, ni sur le moment, ni après, on était absolument sans défense devant toi.

Cependant, tu procédais de la sorte dans toute ta manière d'élever un enfant. Je crois que tu as un certain talent d'éducateur; ton éducation aurait certainement pu être utile à un être fait de la même pâte que toi; il aurait aperçu le bon sens de ce que tu disais, n'aurait point eu d'autres soucis et aurait tranquillement accompli les choses de cette façon; mais pour l'enfant que j'étais, tout ce que tu me criais était positivement un commandement du ciel, je ne l'oubliais jamais, cela restait pour moi le moyen le plus important dont je disposais pour juger le monde, avant tout pour te juger toi-même, et, sur ce point, tu faisais complètement faillite. Étant enfant, je te voyais surtout aux repas et la plus grande partie de ton enseignement consistait à m'instruire dans la manière de se conduire convenablement à table. Il fallait manger de tout ce qui était servi, s'abstenir de parler de la qualité des plats — mais il t'arrivait souvent de trouver le repas immangeable, tu traitais les mets de « boustifaille », ils avaient été gâtés par cette « idiote » (la cuisinière). Comme tu avais un puissant appétit et une propension particulière à manger tout très chaud, rapidement et à grandes bouchées, il fallait que l'enfant se dépêchât ; il régnait à table un silence lugubre entrecoupé de remontrances : « Mange d'abord, tu parleras après », ou bien : « Plus vite, plus vite, plus vite », ou bien : « Tu vois, j'ai fini depuis longtemps. » On n'avait pas le droit de ronger les os, toi, tu l'avais. On n'avait pas le droit de laper le vinaigre, toi, tu l'avais. L'essentiel était de couper le pain droit, mais il était indifférent que tu le fisses avec un couteau dégouttant de sauce. Il fallait veiller à ce qu'aucune miette ne tombât à terre, c'était finalement sous ta place qu'il y en avait le plus. À table, on ne devait s'occuper que de manger, mais toi, tu te curais les ongles, tu te les coupais, tu taillais des crayons, tu te nettoyais les oreilles avec un cure-dent. Je t'en prie, père, comprends-moi bien, toutes ces choses étaient des détails sans importance, elles ne devenaient accablantes pour moi que dans la mesure où toi, qui faisais si prodigieusement autorité à mes yeux, tu ne respectais pas les ordres que tu m'imposais. Il s'ensuivit que le monde se trouva partagé en trois parties : l'une, celle où je vivais en esclave, soumis à des lois qui n'avaient été inventées que pour moi et auxquelles par-dessus le marché je ne pouvais jamais satisfaire entièrement, sans savoir pourquoi ; une autre, qui m'était infiniment lointaine, dans laquelle tu vivais, occupé à gouverner, à donner des ordres, et à t'irriter parce qu'ils n'étaient pas suivis ; une troisième, enfin, où le reste des gens vivait heureux, exempt d'ordres et d'obéissance. J'étais constamment plongé dans la honte, car, ou bien j'obéissais à tes ordres et c'était honteux puisqu'ils n'étaient valables que pour moi ; ou bien je te défiais et c'était encore honteux, car comment pouvais-je me permettre de te défier ! ou bien je ne pouvais pas obéir parce que je ne possédais ni ta force, ni ton appétit, ni ton adresse — et c'était là en vérité la pire des hontes. C'est ainsi que se mouvaient, non pas les réflexions, mais les sentiments de l'enfant.

Ma situation d'alors paraîtra plus claire si je la compare à celle de Félix. Lui aussi, tu le traites d'une manière analogue, tu vas même jusqu'à employer à son égard un moyen d'éducation particulièrement terrible, puisque, lorsqu'il commet ce que tu juges une inconvenance à table, tu ne te contentes pas de lui dire comme tu me le disais jadis : « Tu es un gros cochon », mais ajoutes : « Un vrai Hermann » ou « Tout comme ton père. » Or, il est possible — on ne peut pas dire plus que « possible » — que cela ne nuise pas à Félix de façon essentielle, car tu n'es pour lui qu'un grand-père — un grand-père doué d'une importance particulière, il est vrai — tu n'es pas tout, comme tu l'étais pour moi ; en outre, Félix est un caractère calme, déjà viril, en quelque sorte, et tu peux le décontenancer par ta voix de tonnerre, mais non le marquer de façon durable, d'autant qu'il est relativement peu avec toi et se trouve soumis à d'autres influences ; tu es plutôt pour lui quelque chose de cher et de curieux, où il peut choisir ce qui lui plaît. Pour moi, tu n'étais pas une curiosité, je ne pouvais pas choisir, il me fallait tout prendre.

Et ceci sans pouvoir faire d'objection, car il t'est impossible, de prime abord, de parler calmement d'une chose avec laquelle tu n'es pas d'accord ou qui, simplement, ne part pas de toi. Ces dernières années, tu expliques cela par ta susceptibilité cardiaque, mais tu n'as jamais été différent, que je sache ; ta susceptibilité cardiaque te fournit tout au plus un moyen d'exercer ta domination plus sévèrement, puisque le seul fait d'y penser étouffe l'ultime objection chez les autres. Ce n'est naturellement pas un reproche, mais la constatation d'un fait. Pour ce qui est d'Ottla, par exemple, tu dis souvent : « Mais c'est qu'on ne peut pas lui parler, elle vous saute aussitôt au visage », le fait est pourtant que ce n'est pas du tout elle qui saute ; tu confonds la chose avec la personne ; la chose te saute au visage et tu la juges sur-le-champ, sans entendre la personne ; les arguments qu'on avance ensuite ne peuvent que t'irriter davantage, jamais te convaincre. Tu ne parles plus que pour ajouter : « Fais ce que tu veux ; s'il ne tient qu'à moi, tu es libre ; tu es majeur, je n'ai pas de conseils à te donner », et tout cela avec cette voix basse, enrouée et effrayante, qui exprime la colère et la condamnation totale et qui me fait moins trembler aujourd'hui que dans mon enfance, parce que le sentiment de culpabilité exclusif ressenti par l'enfant est remplacé en partie par une certaine connaissance de notre détresse à tous deux.

L'impossibilité d'avoir des relations pacifiques avec toi eut encore une autre conséquence, bien naturelle en vérité : je perdis l'usage de la parole. Sans doute n'aurais-je jamais été un grand orateur, même dans d'autres circonstances, mais j'aurais tout de même parlé couramment le langage humain ordinaire. Très tôt, cependant, tu m'as interdit de prendre la parole : « Pas de réplique ! », cette menace et la main levée qui la soulignait m'ont de tout temps accompagné. Devant toi — dès qu'il s'agissait de tes propres affaires, tu étais un excellent orateur — je pris une manière de parler saccadée et bégayante, mais ce fut encore trop pour ton goût et je finis par me taire, d'abord par défi peut-être, puis parce que je ne pouvais plus ni penser ni parler en ta présence. Et comme tu étais mon véritable éducateur, les effets s'en sont fait sentir partout dans ma vie. D'une manière générale, tu commets une singulière erreur en croyant que je ne me suis jamais soumis à ta volonté. Je puis dire que le principe de ma conduite à ton égard n'a pas été «Toujours contre tout», ainsi que tu le crois et me le reproches. Au contraire : si je t'avais moins bien obéi, tu serais sûrement beaucoup plus satisfait de moi. Contrairement à ce que tu penses, ton système pédagogique a touché juste ; je n'ai échappé à aucune prise ; tel que je suis, je suis (abstraction faite, bien entendu, des données fondamentales de la vie et de son influence) le résultat de ton éducation et de mon obéissance. Si ce résultat t'est néanmoins pénible, si même tu te refuses inconsciemment à le reconnaître pour le produit de ton éducation, cela tient précisément à ce que ta main et mon matériel ont été si étrangers l'un à l'autre. Tu disais : « Pas de réplique ! » voulant amener par là à se taire en moi les forces qui t'étaient désagréables, mais l'effet produit était trop fort, j'étais trop obéissant, je devins tout à fait muet, je baissai pavillon devant toi et n'osai plus bouger que quand j'étais assez loin pour que ton pouvoir ne pût plus m'atteindre, au moins directement. Mais tu restais là et tout te semblait une fois de plus être « contre », alors qu'il s'agissait simplement d'une conséquence naturelle de ta force et de ma faiblesse.

Tes moyens les plus efficaces d'éducation orale, ceux du moins qui ne manquaient jamais leur effet sur moi, étaient les injures, les menaces, l'ironie, un rire méchant et — chose remarquable — tes lamentations sur toi-même.

Je ne me rappelle pas que tu m'aies jamais injurié de façon directe ou avec de vrais gros mots. Ce n'était d'ailleurs pas nécessaire, tu avais tant d'autres moyens à ta disposition et, au surplus, les injures pleuvaient si fort sur les autres personnes de mon entourage — tant à la maison qu'au magasin, surtout au magasin — que, petit garçon, j'en étais parfois étourdi ; je ne voyais pas pourquoi elles ne m'auraient pas été destinées, les gens que tu injuriais n'étant assurément pas pires que moi et ne te donnant sûrement pas plus de mécontentement. Là encore, je retrouvais ta mystérieuse innocence, le mystérieux pouvoir qui te rendait inattaquable — tu injuriais les gens sans t'en faire le moindre scrupule ; qui plus est, tu condamnais les injures chez les autres, auxquels tu les interdisais.

Tu renforçais les injures par des menaces qui, elles, me concernaient bel et bien. Terrible était, par exemple, — bien que je ne fusse pas sans savoir que rien de grave ne s'ensuivrait (il est vrai qu'étant petit, je ne le savais pas) — ce «Je te déchirerai comme un poisson», mais que tu en fusses capable se serait presque accordé à l'image que j'avais de ton pouvoir. Terribles aussi étaient ces moments où tu courais en criant autour de la table pour nous attraper — tu n'en avais pas du tout l'intention, mais tu faisais semblant — et où maman, pour finir, avait l'air de nous sauver. Une fois de plus — telle était l'impression de l'enfant — on avait conservé la vie par l'effet de ta grâce et on continuait à la porter comme un présent immérité. À ce même ordre de choses appartiennent tes menaces concernant les suites de la désobéissance. Quand j'entreprenais quelque chose qui te déplaisait et que tu me menaçais d'un échec, mon respect de ton opinion était si grand que l'échec était inéluctable, même s'il ne devait se produire que plus tard. Je perdis toute confiance dans mes propres actes. Je devins instable, indécis. Plus je vieillissais, plus grossissait le matériel que tu pouvais m'opposer comme preuve de mon peu de valeur ; peu à peu, les faits te donnèrent raison à certains égards. Encore une fois, je me garde bien d'affirmer que tu es seul responsable de ce que je suis devenu, tu n'as fait qu'aggraver ce qui était, mais tu l'as beaucoup aggravé, précisément parce que tu avais un grand ascendant sur moi et que tu usais de tout ton pouvoir.

Tu avais une confiance spéciale dans l'éducation par l'ironie, elle s'accordait d'ailleurs au mieux avec ta supériorité sur moi. Dans ta bouche, une réprimande prenait généralement cette forme : « Tu ne peux pas faire cela de telle ou telle manière ? C'est déjà trop te demander, je suppose ? Naturellement, tu n'as pas le temps ? », et ainsi de suite. Chacune de ces questions s'accompagnait d'un rire et d'un visage courroucé. On se trouvait en quelque sorte déjà puni avant de savoir qu'on avait fait quelque chose de mal. Exaspérantes étaient aussi ces remontrances où l'on était traité en tiers, comme si l'on n'était pas même digne de tes paroles méchantes ; où tu parlais pour la forme à maman, alors qu'en fait tu t'adressais à moi, puisque j'étais présent : « Bien entendu, on ne peut pas obtenir cela de Monsieur mon fils » et autres choses du même genre (la contrepartie de ceci, c'est que j'en vins à ne plus oser t'interroger directement quand maman était là ; plus tard, l'habitude m'empêcha de penser à le faire. Il était beaucoup moins dangereux pour l'enfant de questionner sa mère assise à côté de toi, on lui demandait : « Comment va mon père ? » et ainsi, on se protégeait des surprises). Il y avait naturellement des cas où l'on approuvait fort l'ironie, notamment quand elle touchait quelqu'un d'autre, Elli, par exemple, avec laquelle j'ai été brouillé pendant des années. C'était pour moi une vraie fête de la méchanceté et de la joie maligne que de t'entendre lui dire presque à chaque repas quelque chose comme : « Il faut qu'elle se tienne à dix mètres de la table, cette faiseuse d'embarras » et de te voir, plein de colère dans ton fauteuil, essayer d'imiter sans la plus légère trace de gentillesse ou de bonne humeur, en ennemi

acharné, la manière excessivement repous-
sante pour ton goût dont elle se tenait à table.
Que de fois ces scènes et d'autres semblables
se sont répétées, quel piètre résultat elles ont
donné, en fait ! Cela tient, je crois, à ce que
ton déploiement de colère et d'irritation ne
paraissait pas se trouver dans un rapport juste
avec la chose elle-même ; on n'avait pas le sentiment que ta colère avait été provoquée par
cette circonstance insignifiante qu'on était
trop loin de la table, mais qu'elle avait été là
d'emblée dans toute son ampleur, et que
c'était par hasard si elle avait saisi juste cette
occasion d'éclater. Comme on était persuadé
qu'une occasion se trouverait de toute manière,
on ne se surveillait pas spécialement et par
surcroît, la sensibilité s'émoussait sous les
menaces perpétuelles ; peu à peu, on acqué-
rait presque la certitude qu'on ne serait pas
battu. On se transformait en enfant maussade,
inattentif, désobéissant, ne songeant jamais
qu'à un moyen de fuite — de fuite intérieure
le plus souvent. C'est ainsi que tu as souffert,
que nous avons souffert. De ton point de vue,
tu avais bien raison de dire en usant de ta formule habituelle (comme tu l'as fait récemment encore au sujet d'une lettre reçue de
Constantinople), les dents serrées et riant de
ce rire guttural qui, le premier, avait suggéré

à l'enfant une représentation de l'enfer : «En voilà une bande!»

Il semblait absolument incompatible avec cette position à l'égard de tes enfants que tu pusses te plaindre en public — ce qui t'arrivait pourtant très souvent. Étant enfant, j'avoue que je n'y étais nullement sensible (je le devins plus tard) et que je ne comprenais pas comment tu pouvais t'attendre à trouver de la sympathie. Tu étais si gigantesque à tous égards : quelle importance pouvais-tu attacher à notre pitié, voire à notre aide ? Tu aurais dû, en fait, les mépriser, comme tu nous méprisais si souvent nous-mêmes. En conséquence, je ne croyais pas à tes lamentations et cherchais derrière elles je ne sais quelle intention secrète. Je n'ai compris que plus tard que tes enfants te faisaient réellement souffrir mais, à cette époque où tes plaintes auraient pu rencontrer encore une sensibilité enfantine ouverte sans réticences et prête à donner toute son aide, elles ne représentaient une fois de plus qu'un moyen par trop évident d'éducation et d'humiliation — moyen sans grande force en soi, mais qui entraînait une conséquence secondaire nuisible, à savoir que l'enfant s'habituait à ne pas prendre au sérieux les choses dont, précisément, il aurait dû ressentir la gravité.

Par bonheur, il y avait tout de même des exceptions; elles se produisaient quand tu souffrais sans rien dire, quand l'amour et la bonté appliquaient leur force à triompher de tout ce qui leur était contraire et à le saisir immédiatement. Certes, cela arrivait rarement, mais c'était merveilleux. C'était, par exemple, quand il faisait chaud l'été et que je te voyais somnoler au magasin après le déjeuner, l'air las, le coude appuyé sur le comptoir; ou bien le dimanche, quand tu venais, éreinté, nous rejoindre à la campagne; ou bien lors d'une grave maladie de maman, quand tu te tenais à la bibliothèque, tout secoué de sanglots; ou bien pendant ma dernière maladie, quand tu entrais doucement dans la chambre d'Ottla pour me voir, que tu restais sur le seuil, tendais le cou pour m'apercevoir au lit et te bornais à me saluer de la main, par égard pour ma fatigue. À de tels moments, l'on se couchait et l'on pleurait de bonheur, et je pleure maintenant encore en l'écrivant.

Tu as aussi une façon particulièrement belle de sourire, silencieuse, paisible, bienveillante — un sourire qu'on rencontre rarement et qui pouvait vous rendre très heureux s'il vous était destiné. Je ne me rappelle pas que tu me l'aies expressément accordé dans mon enfance, mais cela a bien dû se produire, pourquoi me l'aurais-tu refusé en ce temps-là, puisque tu me jugeais encore innocent et que j'étais ton grand espoir. À la longue, d'ailleurs, ces impressions agréables n'ont pas eu d'autre résultat que d'accroître mon sentiment de culpabilité et de me rendre le monde encore plus incompréhensible.

Je préférais m'en tenir à ce qui était durable et fondé sur les faits. Pour m'affirmer un peu en face de toi, en partie aussi pour exercer une espèce de vengeance, je ne tardai pas à observer, à recueillir, à exagérer les petits ridicules que je découvrais en toi. Comment, par exemple, tu te laissais éblouir par des personnes qui n'étaient généralement haut placées qu'en apparence et dont tu ne te lassais pas de parler, que ce fût un conseiller d'Empire ou quelque autre personnage (d'autre part, j'avais mal à la pensée que tu croyais, toi, mon père, avoir besoin de ces confirmations dérisoires de ta valeur et que tu en tirais vanité). Ou bien j'observais ta prédilection pour les expressions indécentes, proférées autant que possible d'une voix forte, et dont tu riais comme si tu avais dit quelque chose de particulièrement réussi, alors que ce n'était, justement, qu'une vulgaire petite inconvenance (mais j'y voyais en même temps une manifestation de ta vitalité, humiliante

pour moi). Bien entendu, ces diverses obser-
vations existaient en foule ; elles faisaient mon
bonheur, elles me fournissaient l'occasion de
chuchotements et de moqueries, tu t'en aper-
cevais parfois, tu t'en fâchais, tu les considé-
rais comme de la méchanceté, de l'imperti-
nence ; mais, crois-moi, ce n'était rien d'autre
pour moi qu'un moyen d'ailleurs inefficace
de me maintenir, c'étaient des plaisanteries
comme celles qu'on répand sur le compte des
dieux et des rois — plaisanteries qui non seulement peuvent s'allier au plus profond respect, mais encore en font partie.

D'ailleurs, en accord avec la situation analogue que tu avais à mon égard, tu as tenté,
toi aussi, une espèce de contre-attaque. Tu
aimais à rappeler à quel point exagéré ma vie
était agréable, à quel point j'ai été bien traité.
C'est exact, mais je ne crois pas, les circonstances ayant été ce qu'elles étaient, que cela
m'ait servi à grand-chose.

Ma mère était infiniment bonne pour moi,
c'est vrai, mais ce n'était que relativement à
toi, c'est-à-dire, pour moi, dans un mauvais
rapport. Sans le savoir, elle jouait le rôle du
rabatteur à la chasse. Pour le cas bien improbable où, en engendrant le défi, la répulsion,
voire la haine, ton éducation aurait pu me
permettre de marcher tout seul, ma mère de

son côté compensait ce risque par sa bonté et ses paroles raisonnables (dans le gâchis de mon enfance, elle était l'idéal même de la raison), par son intercession, et j'étais encore une fois rejeté dans ton cercle d'où, sans cela, je me serais peut-être échappé pour notre bien commun. Ou encore les choses étaient telles que nous n'en venions pas à une vraie réconciliation, ma mère se contentait de me protéger en secret contre toi, me donnait, me permettait quelque chose en secret, et j'étais de nouveau la créature sournoise, le tricheur qui se sentait coupable et qui, du fait de sa nullité, était incapable d'obtenir autrement que par des chemins détournés même les choses auxquelles il pensait avoir droit. Plus tard, bien sûr, je m'habituai à prendre également ces chemins pour rechercher ce qui ne me revenait nullement de droit, même à mes propres yeux. La conscience de ma culpabilité s'en trouva encore aggravée.

Il est encore vrai que tu ne m'as pour ainsi dire jamais vraiment battu. Mais tes cris, la rougeur de ton visage, ta manière hâtive de détacher tes bretelles et de les disposer sur le dossier d'une chaise, tout cela était presque pire que les coups. Il en va de même pour un homme qui est sur le point d'être pendu. Si on le pend vraiment, il meurt et tout est fini.

Mais qu'on l'oblige à assister à tous les préparatifs de la pendaison, qu'on ne lui communique la nouvelle de sa grâce que lorsque le nœud lui pend déjà sur la poitrine, et il se peut qu'il ait à en souffrir toute sa vie. Pour comble, l'accumulation de tous ces moments où, selon l'opinion que tu manifestais clairement, j'aurais mérité des coups et n'y avais échappé de justesse que par l'effet de ta miséricorde, faisait naître en moi, une fois de plus, une grande conscience de ma culpabilité. Je tombais sous ta coupe de tous les côtés à la fois.

Tu m'as depuis toujours fait un reproche (en tête à tête ou devant d'autres personnes, tu n'étais nullement sensible à ce que ce dernier procédé avait d'humiliant pour moi, les affaires de tes enfants étaient toujours des affaires publiques) d'avoir vécu grâce à ton travail dans la tranquillité, le confort, l'abondance. Ici, je pense à certaines remarques qui auraient positivement dû me creuser des rides dans le cerveau, telles que : « Dès l'âge de sept ans, je circulais de village en village avec ma carriole... Nous étions obligés de dormir tous dans une seule pièce... Nous étions heureux quand nous avions des pommes de terre à manger... J'étais si mal vêtu en hiver que j'ai eu des plaies ouvertes aux jambes pendant des années... Tout petit garçon, il me fallait déjà aller à Pisek pour travailler au magasin... Chez moi, on ne me donnait rien ; même, quand j'ai été soldat, c'est encore moi qui envoyais de l'argent à la maison... Mais tout de même, tout de même, pour moi mon père était toujours mon père. Qui donc sait cela aujourd'hui ? Qu'en savent donc les enfants ? Est-ce qu'un enfant d'aujourd'hui peut le comprendre ? » En d'autres circonstances, de tels récits auraient pu constituer un excellent moyen pédagogique, ils auraient pu fortifier l'enfant et l'encourager à surmonter des souffrances et des privations analogues à celles que le père avait endurées. Mais ce n'est pas là ce que tu voulais. Grâce aux résultats de tes efforts, précisément, la situation n'était plus la même, rien ne fournissait plus l'occasion de se distinguer de la manière dont tu l'avais fait. Cette occasion, il aurait fallu, pour commencer, la créer par la force et l'action subversive (à supposer que nous eussions eu l'esprit de décision et la force nécessaires pour cela, à supposer aussi que maman, de son côté, n'eût pas tenté de nous en empêcher par ses propres moyens). Mais tout cela, tu étais bien loin de le vouloir, c'était même ce que tu appelais ingratitude, extravagance, désobéissance, trahison, folie. Ainsi, tandis que d'un côté tu nous y poussais par ton exemple, par des récits qui nous accablaient de honte, tu nous l'interdisais de l'autre avec la dernière sévérité. S'il en avait été autrement, tu aurais dû, abstraction faite des circonstances secondaires, être réellement ravi de l'aventure d'Ottla à Zürau. Elle voulait vivre dans le pays d'où tu étais venu, elle voulait connaître le travail et les privations que tu avais connus et, de même que tu avais été indépendant de ton père, elle refusait de jouir des fruits de ton travail. Étaient-ce là des intentions si terribles ? Si éloignées de ton exemple et de ton enseignement ? Il est vrai, les desseins d'Ottla se sont finalement soldés par un échec, ils ont été réalisés de façon un peu ridicule peut-être, avec trop de tapage, sans assez d'égards pour ses parents. Mais en était-elle seule responsable, la faute n'en était-elle pas aussi aux circonstances et, surtout, à l'éloignement que tu éprouvais pour elle ? Cet éloignement était-il moins grand au magasin (ainsi que tu as essayé de t'en persuader toi-même plus tard) qu'il ne le fut par la suite à Zürau ? Et n'est-il pas absolument certain que tu avais le pouvoir de transformer cette aventure et de la rendre excellente (à supposer que tu eusses été à même de te vaincre à ce point) en lui accordant tes encouragements, tes conseils, ton contrôle, ou même, en te bornant simplement à la tolérer ?

À l'occasion de ces sortes d'expériences, tu avais coutume de dire sur un ton de plaisanterie amère que nous avions la vie trop belle. En un sens pourtant, cette plaisanterie n'en est pas une. Ce que tu avais acquis en luttant, nous le recevions de ta main, mais ce combat pour la vie extérieure qui t'avait été immédiatement accessible et qui, bien entendu, ne nous était pas plus épargné qu'à toi, il nous fallait le gagner sur le tard, à l'âge adulte, avec des forces qui étaient demeurées celles d'un enfant. Je ne prétends pas qu'à cause de cela notre situation soit forcément plus défavorable que ne l'était la tienne, il est bien probable au contraire que toutes deux se valent (ce qui n'implique d'ailleurs aucune comparaison des aptitudes fondamentales), nous sommes simplement désavantagés par le fait que nous ne pouvons pas nous vanter de notre détresse, ni nous en servir pour humilier les autres, ainsi que tu le faisais. Je ne nie pas non plus qu'il m'eût été possible de tirer un profit normal des fruits de ton travail si largement couronné de succès, de les mettre en valeur et de travailler à ton bonheur en continuant à les exploiter, mais précisément, notre éloignement mutuel s'y opposait. Je pouvais jouir de ce que tu me donnais, mais seulement dans l'humiliation, dans la fatigue et la faiblesse, dans la conscience de ma culpabilité. C'est pourquoi je ne pouvais te montrer de reconnaissance qu'à la manière d'un mendiant, et non par mes actes.

Au-dehors, toute cette éducation produisit un premier effet : je me mis à fuir tout ce qui, même de loin, pouvait me faire penser à toi. Et d'abord le magasin. En soi cependant, j'aurais dû y prendre grand plaisir, surtout quand j'étais enfant et tant que ce fut une simple boutique : il était si animé, si bien éclairé le soir, on y voyait, on y entendait tant de choses ; on pouvait aussi s'y rendre utile par-ci par-là, s'y distinguer, et surtout t'admirer dans le déploiement de tes extraordinaires dons de commerçant, admirer ton art de vendre, de traiter les gens, de faire des plaisanteries, d'être infatigable, de prendre une décision immédiate dans les cas douteux, etc. Rien que ta façon de faire un paquet ou d'ouvrir une caisse était un spectacle digne d'être vu, et toutes ces choses, l'une dans l'autre, n'étaient certes pas la pire des écoles pour un enfant. Mais comme la frayeur que tu m'inspirais m'envahissait peu à peu de tous côtés, le magasin lui-même finit par me causer un malaise. Les événements qui s'y passaient et qui d'abord m'avaient semblé aller de soi, maintenant me faisaient souffrir et m'accablaient de honte, ici je pense en particulier à ta manière de traiter le personnel. Je ne sais pas, il se peut qu'elle ait été la même dans toutes les maisons de commerce (à l'époque où j'étais à l'Assecurazioni Generali, elle ressemblait vraiment beaucoup à la tienne et je motivai ma démission en déclarant au directeur, ce qui n'était pas tout à fait vrai sans être tout à fait un mensonge, que je ne pouvais pas supporter cette habitude de crier qui, d'ailleurs, ne m'avait jamais touché directement ; c'était là pour moi un point trop douloureusement sensible dès l'origine), mais étant enfant, les autres maisons de commerce ne m'intéressaient pas. Toi, en revanche, je te voyais et t'entendais crier, pester, déchaîner ta rage avec une violence qui, à ce que je croyais alors, devait être sans pareille dans le monde entier. Et ceci valait non seulement pour les injures, mais aussi pour la tyrannie que tu montrais d'autre part. Ainsi tu jetais d'un coup brutal au bas du comptoir les marchandises que tu ne voulais pas voir mêlées à d'autres — seul le caractère irréfléchi de ta fureur te donnait quelque excuse — ce qui obligeait le commis à les ramasser. Ou bien, invariablement, tu disais en parlant d'un commis tuberculeux : « Qu'il crève donc, ce chien malade ! » Tu appelais tes employés des « ennemis payés », c'est bien du reste ce qu'ils étaient, mais avant même qu'ils le fussent devenus, tu m'avais semblé être leur « ennemi payant ». C'est là aussi qu'une grande leçon me fut donnée : j'appris que tu pouvais être injuste ; en ce qui me concernait, je ne l'aurais pas remarqué de sitôt, trop de culpabilité s'était amassée en moi, qui te donnait raison. Mais selon mon opinion enfantine, opinion qui fut un peu, mais point tellement, corrigée plus tard, les gens du magasin étaient des étrangers qui travaillaient pour nous et qui, en échange, étaient réduits à vivre dans la peur perpétuelle que tu leur inspirais. Ici, naturellement, j'exagérais parce que j'admettais sans plus que tu produisais sur les gens un effet aussi terrible que sur moi. S'il en avait été ainsi, ils n'auraient vraiment pas pu vivre. Dans la mesure où il s'agissait d'adultes ayant pour la plupart des nerfs à toute épreuve, ils n'avaient aucune peine à se débarrasser de telles injures, et la chose, en fin de compte, te faisait plus de mal qu'à eux. Mais cela me rendit le magasin insupportable, il me rappelait trop ma propre situation à ton égard : comme homme d'affaires, tu étais en effet, abstraction faite de tes intérêts d'employeur et même de ton caractère despotique, si supérieur à tous ceux qui ont jamais été formés par toi que rien de ce qu'ils réalisaient ne pouvait te satisfaire — il fallait bien que, d'une manière analogue, tu fusses à jamais insatisfait de moi. C'est pourquoi j'appartenais nécessairement au parti du personnel, auquel je me rattachais d'ailleurs de toute façon en raison de mon caractère craintif qui, en soi déjà, m'empêchait de comprendre qu'on pût traiter les gens de la sorte et m'inspirait le désir de réconcilier le personnel — lequel, à mon sens, devait être effroyablement irrité — avec toi et, ne fût-ce que dans l'intérêt de ma propre sécurité, avec toute notre famille. Pour y parvenir, il ne me suffisait pas d'avoir à l'égard du personnel une conduite ordinaire et convenable, je ne pouvais même pas me contenter d'être modeste, il me fallait bien plutôt être humble — non seulement être le premier à saluer, mais encore faire en sorte qu'on ne me rendît pas mon salut. Et même si, en bas, la personne sans importance que j'étais leur avait léché les pieds, cela n'aurait pas encore suffi à les payer des coups que toi, le maître, tu leur assenais d'en haut. Cette situation, qui était alors la mienne quand j'approchais autrui, eut des répercussions qui, dépassant le cadre du magasin, se prolongè-

rent dans l'avenir (il y a quelque chose d'analogue, encore qu'en moins dangereux et
moins profondément ancré que chez moi,
dans la prédilection d'Ottla pour la fréquen-
tation des gens pauvres, dans son habitude,
qui te fâche tellement, de rechercher la com-
pagnie des bonnes, etc.). Pour finir, le magasin me fit presque peur; en tout cas, il ne me
concernait déjà plus depuis longtemps à
l'époque où le lycée vint m'en écarter encore
davantage. Il me paraissait d'ailleurs beaucoup trop dispendieux pour les ressources
dont je disposais, puisque, à t'entendre, il
épuisait même les tiennes. De mon aversion
pour ton commerce, donc pour ton œuvre —
aversion dont tu ne laissais certes pas de souffrir beaucoup —, tu as encore essayé de tirer
quelque chose de flatteur pour toi par la suite,
en affirmant, ce qui aujourd'hui m'émeut et
me fait honte, que si je n'avais pas le sens des
affaires, j'avais en revanche des idées plus élevées en tête, etc. L'explication que tu t'extor-
quais ainsi fit naturellement grand plaisir à
ma mère, et moi-même, pris que j'étais
dans ma détresse et ma vanité, je me laissai
influencer par elle. Mais si ces « idées élevées »
avaient vraiment été la seule ou la principale
cause de mon éloignement pour le magasin,
elles auraient dû s'exprimer autrement qu'en

me permettant un abordage définitif dans les parages d'une table de bureaucrate, après m'avoir laissé nager, paisible et craintif, dans les eaux du lycée et des études de droit.

Si je voulais te fuir, il me fallait aussi fuir la famille et même ma mère. Certes, on pouvait toujours se réfugier auprès d'elle, mais ce n'était encore que par rapport à toi. Elle t'aimait trop et t'était trop fidèlement dévouée pour pouvoir à la longue représenter une puissance spirituelle indépendante dans le combat mené par l'enfant. L'enfant le sentait d'ailleurs avec un instinct sûr, puisqu'en vieillissant, en effet, maman s'attacha encore plus étroitement à toi. Tandis que pour ce qui la touchait elle-même, elle préservait toujours son indépendance dans les limites les plus précises et le faisait avec grâce et tact, sans jamais te blesser de façon grave, elle se mit, surtout dans le cas d'ailleurs difficile d'Ottla, à accepter les yeux fermés, moins avec l'intelligence qu'avec le cœur et de plus en plus totalement au cours des années, ta manière de juger et de condamner tes enfants. Sans doute convient-il de ne pas oublier combien la situation de maman dans la famille était douloureuse et exténuante. Elle peinait au magasin et à la maison, elle souffrait doublement de toutes les maladies de la famille, mais ce qui couronnait le tout, c'étaient les souffrances que lui valait sa position intermédiaire entre toi et nous. Tu as toujours été aimant et plein d'égards pour elle mais, à ce point de vue, tu l'as aussi peu ménagée que nous l'avons fait nous-mêmes. Brutalement, toi de ton côté, nous du nôtre, nous l'avons martelée de coups. C'était un dérivatif, nous ne pensions pas à mal, nous ne pensions qu'au combat que nous avions à livrer, toi contre nous, nous contre toi, et notre rage se déchargeait sur maman. La façon dont tu la tourmentais à cause de nous — sans en être le moins du monde responsable, bien entendu — n'était assurément pas une contribution utile à notre éducation. Elle justifiait même en apparence notre conduite à son égard qui, sans cela, eût été injustifiable. Que n'a-t-elle pas souffert, tant par nous à cause de toi que par toi à cause de nous, sans compter les cas où tu avais raison parce qu'elle nous gâtait, encore que ces « gâteries » pussent n'avoir été bien souvent qu'une contre-manifestation silencieuse et inconsciente contre ton système. Il va sans dire que maman n'aurait pu supporter tout cela si elle n'en avait puisé la force dans son amour pour nous tous et dans le bonheur né de cet amour.

Mes sœurs ne me suivaient qu'en partie. La

plus heureuse dans ses rapports avec toi était Valli. Étant de nous tous la plus proche de maman, elle se soumettait à toi d'une manière analogue à la sienne, sans beaucoup de peine ni de dommages. Mais comme elle te rappelait maman, précisément, tu la supportais aussi avec plus de gentillesse, bien qu'elle possédât peu d'éléments Kafka. Peut-être était-ce justement ce qui te convenait : là où il n'y avait aucun trait Kafka, personne, pas même toi, ne pouvait rien exiger de tel ; tu n'avais pas non plus comme chez nous autres le sentiment qu'ici quelque chose allait se perdre, qu'il fallait sauver de force. Au reste, il se peut que tu n'aies jamais spécialement aimé l'élément Kafka en tant qu'il s'exprimait chez les femmes. Tes rapports avec Valli seraient même devenus plus affectueux si nous ne les avions troublés de notre côté.

Elli est l'unique exemple d'une évasion hors de ton cercle ayant presque complètement réussi. C'est d'elle que je l'aurais le moins attendu dans son enfance. Car c'était vraiment une enfant engourdie, lasse, craintive, chagrine, exagérément humble, méchante, paresseuse, gourmande, avare ; c'est à peine si je pouvais la regarder, quant à lui adresser la parole, cela m'était impossible tant elle me rappelait ce que j'étais moi-même, tant sa manière de subir la contrainte de notre éducation commune était semblable à la mienne. Son avarice surtout m'était odieuse, parce que la mienne était si possible plus grande encore. L'avarice, en effet, est l'un des signes les plus sûrement révélateurs d'une profonde détresse ; tout était si précaire pour moi que je ne possédais effectivement que ce que j'avais déjà dans les mains ou dans la bouche ou ce qui, tout au moins, était en chemin pour y parvenir. Comme Elli se trouvait dans la même situation que moi, c'était justement cela qu'elle avait le plus envie de me prendre. Mais tout a changé quand elle a quitté la maison pour se marier et avoir des enfants — très jeune, c'est le point important —, elle est alors devenue gaie, insouciante, courageuse, généreuse, désintéressée, pleine d'espoir. Il est presque incroyable que tu n'aies pas du tout remarqué ce changement, en tout cas, tu ne l'apprécies pas comme il le mérite, tant tu es aveuglé par ta rancune contre elle, rancune qui existe depuis toujours et qui, au fond, n'a pas changé ; la seule différence c'est qu'elle est devenue moins actuelle du fait qu'Elli n'habite plus chez nous, que ton amour pour Félix et ton attachement pour Karl lui ont, en outre, fait perdre de son importance. Il n'y a plus guère que Gerti qui en supporte parfois les conséquences.

C'est à peine si j'ose parler d'Ottla; je sais qu'en le faisant, je risque de compromettre l'effet que j'attends de cette lettre. Dans les circonstances habituelles, c'est-à-dire quand elle n'est pas spécialement en difficulté ou exposée à un danger, tu n'éprouves pour elle que de la haine. Tu me l'as avoué toi-même; selon toi, c'est à dessein qu'elle te fait constamment souffrir et provoque ta colère, et tandis que tu souffres par sa faute, elle est soulagée et satisfaite. Une espèce de démon, donc. Pour que tu puisses la méconnaître à ce point, il faut que la distance qui vous sépare soit immense, encore plus grande qu'entre toi et moi. Elle est si loin de toi que tu ne la vois plus, tu mets un fantôme à l'endroit où tu t'attends à la voir. Je t'accorde qu'avec elle, ta tâche était particulièrement difficile. Moi-même, je ne vois pas tout à fait clair dans ce cas très compliqué; quoi qu'il en soit, elle se présentait comme une espèce de Löwy pourvue des meilleures armes Kafka. Entre toi et moi, il n'y avait pas de lutte réelle; j'étais bientôt à bout de forces; le seul résultat était ma fuite, mon amertume, ma tristesse, mon combat intérieur. Mais vous deux, vous étiez toujours en position de combat, toujours alertes et pleins de force. Spectacle aussi désespérant que grandiose. Tout au début, il est certain que vous avez dû être très proches l'un de l'autre, car aujourd'hui encore, Ottla est peut-être, de nous quatre, l'image la plus pure de ton mariage avec maman et des forces qui s'y sont trouvées réunies. J'ignore ce qui a pu vous priver de l'harmonie qui fait le bonheur d'un père et d'un enfant, mais je suis tenté de croire que l'évolution d'Ottla a été semblable à la mienne. D'un côté, la tyrannie de ta nature, de l'autre, l'entêtement des Löwy, leur sensibilité, leur sentiment de l'injustice, leur inquiétude — et tout cela, soutenu par la conscience que vous aviez de posséder la force des Kafka. Sans doute l'ai-je influencée moi aussi, mais moins de mon propre mouvement que du simple fait de mon existence. D'ailleurs, en tant que dernière venue, elle est entrée dans un rapport de forces déjà établi et a pu se former un jugement elle-même à partir de l'abondant matériel préparé. Je vais même jusqu'à penser qu'au fond elle a été indécise pendant un certain temps, ne sachant pas si elle devait se jeter dans tes bras ou dans ceux de tes ennemis, à cette époque c'est manifestement toi qui as laissé passer l'occasion favorable mais, si cela avait été possible, vous auriez formé un couple d'une splendide harmonie. Il est vrai que dans ce cas, j'aurais perdu un allié, mais j'aurais été amplement dédommagé en vous voyant unis et d'autre part, ayant au moins un enfant te donnant pleine satisfaction, tu aurais éprouvé un immense bonheur qui t'aurait sensiblement changé à mon égard, et dans un sens favorable. Il est vrai qu'aujourd'hui, tout cela n'est plus qu'un rêve. Ottla a perdu tout contact avec toi, il lui faut chercher son chemin seule, comme moi, et ce qu'elle a de plus que moi en fait d'assurance, de confiance en soi, de santé et d'absence de scrupules, la rend d'autant plus méchante et plus perfide que moi à tes yeux. Je le comprends ; vue par toi, elle ne peut être autrement. Elle est d'ailleurs elle-même en état de se voir comme tu la vois, de ressentir ta souffrance et d'en être, sinon désespérée — le désespoir est mon affaire —, du moins très triste. En contradiction apparente avec cela, tu nous vois souvent chuchoter et rire ensemble, tu nous entends parfois parler de toi. Tu as alors l'impression que nous sommes des conspirateurs éhontés. Singuliers conspirateurs ! Tu es depuis toujours, bien sûr, le thème principal de nos conversations comme de nos pensées, mais si nous nous réunissons, ce n'est vraiment pas pour ourdir quelque chose contre toi, c'est pour appliquer tous nos efforts à débattre ensemble dans tous les détails, en l'envisageant sous tous les angles et dans toutes les occasions ; en ayant recours aux plaisanteries, au sérieux, à l'amour, à l'obstination, à la colère, à la haine, au dévouement, au sentiment de culpabilité, à débattre de près et de loin, avec toutes les forces de la tête et du cœur, ce terrible procès qui est en suspens entre toi et nous et dans lequel tu prétends sans cesse être juge, alors que, pour l'essentiel du moins (ici, je laisse la porte ouverte à toutes les erreurs que, naturellement, il peut m'arriver de commettre), tu y es partie, avec autant de faiblesse et d'aveuglement que nous.

Un exemple de ton éducation pédagogique — exemple instructif dans le contexte général — est fourni par Irma. D'une part, c'était bien une étrangère, elle avait atteint l'âge adulte quand elle est venue travailler chez toi et elle avait surtout affaire à toi en tant que chef, elle ne fut donc livrée à ton influence qu'en partie et à un âge où l'on est déjà capable de résistance ; mais d'autre part, elle était aussi ta proche parente, elle respectait en toi le frère de son père et tu avais sur elle bien plus que la simple autorité d'un chef. Et pourtant, si capable qu'elle fût en dépit de sa fragilité, si intelligente, laborieuse, modeste, digne de confiance, désintéressée et fidèle, elle ne s'est pas montrée très bonne employée pour toi, et cela, bien qu'elle t'aimât comme oncle et t'admirât comme chef, bien qu'elle eût fait ses preuves dans d'autres emplois, tant auparavant que plus tard. En effet, poussée à bout aussi par nous, cela va sans dire, sa position vis-à-vis de toi était presque celle de l'un de tes enfants, et ta nature impérieuse avait sur elle un ascendant si fort qu'elle manifesta (uniquement envers toi d'ailleurs, et, je l'espère, sans en souffrir aussi profondément que si elle avait été ton propre enfant) une certaine propension aux oublis, à la négligence, à l'humour macabre et même, dans la mesure où elle en était capable, au défi — propension qui, selon moi, ne doit rien au fait qu'elle était de santé délicate, qu'elle n'avait pas une vie très heureuse et portait la charge d'un foyer désolant. Ce que je jugeais riche en applications dans tes relations avec elle, tu l'as résumé dans une phrase devenue classique pour nous, une phrase presque sacrilège, mais qui justement fournit une bonne preuve en faveur de ton innocence dans ta façon de traiter les gens : « La défunte m'a laissé pas mal de cochonnerie. »

56

Je pourrais décrire encore d'autres sphères où les gens subissaient ton influence tout en luttant contre elle, mais là déjà, je toucherais à l'incertain et il me faudrait construire ; en outre, tu es depuis toujours d'autant plus aimable, conciliant, poli, plein d'égards, compatissant (j'entends : même extérieurement) que tu t'éloignes du magasin et de la maison, tout à fait comme un autocrate qui, une fois franchies les frontières de son pays, n'a plus aucune raison de continuer à se montrer tyrannique et peut en toute bonhomie se commettre avec les gens les plus humbles. De fait, sur les photos de groupe prises à Franzensbad, par exemple, tu apparais toujours, au milieu de compagnons petits et maussades, aussi grand, aussi jovial qu'un roi en voyage. De cela certes, même les enfants auraient pu tirer profit, mais il aurait fallu qu'ils fussent capables de le comprendre dès l'enfance, ce qui était impossible, et pour ce qui est de moi, par exemple ; il n'aurait pas fallu qu'on me permît de loger constamment, ainsi que je l'ai vraiment fait, dans le cercle de ton influence qui se trouvait être pour ainsi dire le plus intérieur, le plus rigide, le plus propre à m'étrangler.

Par là, je n'ai pas seulement perdu le sens de la famille, ce sens, je l'avais au contraire, encore qu'il fût surtout négatif et dût servir à

me détacher de toi intérieurement (entre-
prise qui, bien entendu, reste à jamais ina-
chevée). Plus encore si possible, ce sont mes
rapports avec les gens du dehors qui en ont
souffert. Tu es absolument dans l'erreur en
croyant que je fais tout pour les autres par
amour et par loyauté, tandis que je ne fais
rien pour toi ni pour la famille, du fait de
mon indifférence et de ma perfidie. Je te le
répète pour la dixième fois : il est probable
que je serais devenu un être sauvage et
timide, même sans cela, mais pour aller de ce
point à celui où je suis réellement parvenu,
il y a encore un long chemin sombre à par-
courir (jusqu'ici, j'ai passé relativement peu
de choses sous silence dans cette lettre, mais
maintenant et plus tard, il me faudra taire ce
que, devant toi et devant moi, il m'est encore
trop difficile d'avouer. Je dis cela afin que tu
n'attribues pas à l'absence de preuves le flou
qui pourrait, çà et là, troubler l'image d'ensemble ; des preuves, il en existe au contraire
qui pourraient donner à l'image une crudité
insupportable. Ici, il est difficile de trouver
un moyen terme). Il me suffit d'ailleurs de
rappeler des choses révolues : par ta faute,
j'avais perdu toute confiance en moi, j'avais
gagné en échange un infini sentiment de culpabilité (en souvenir de cette infinité, j'ai

écrit fort justement un jour au sujet de quelqu'un : « Il craint que la honte ne lui survive »). Je ne pouvais pas me transformer subitement quand je rencontrais d'autres personnes ; en face d'elles, j'étais pris d'un sentiment de culpabilité plus profond encore, puisque, ainsi que je l'ai déjà dit, je me devais de réparer envers elles les torts que tu leur avais causés au magasin et dont j'étais en partie responsable. En outre, tu avais quelque chose à reprocher, que le reproche fût exprimé ouvertement ou tenu secret, à toute personne avec laquelle j'étais lié, j'étais donc encore obligé de lui en demander pardon. La méfiance que tu cherchais à m'inculquer, tant au magasin qu'à la maison, contre la plupart des gens (nomme-moi une seule personne ayant eu quelque importance pour moi dans mon enfance que tu n'aurais pas, au moins une fois, critiquée jusqu'à la réduire à néant) et qui, chose remarquable, ne te pesait pas le moins du monde (tu étais bien assez fort pour la supporter, du reste ce n'était peut-être rien d'autre pour toi que l'emblème du despote) — cette méfiance qui, à mes yeux de petit garçon, ne se trouvait confirmée nulle part puisque je ne voyais partout que des êtres parfaits et inaccessibles, s'est transformée en défiance de moi-même et en peur perpétuelle des autres. Ce n'était donc assurément pas dans mes relations avec autrui que je pouvais me délivrer de toi en général. Si tu t'y es trompé, c'est peut-être parce qu'en réalité tu ignorais tout de mes fréquentations et que, dans ta méfiance et ta jalousie (ai-je donc nié que tu m'aimes?), tu supposais que je devais me dédommager ailleurs de ce que je perdais dans ma vie de famille, puisqu'il était impossible que j'eusse la même vie au-dehors. À cet égard, du reste, c'est justement étant enfant que je puisais une espèce de consolation dans ma défiance de moi-même. Je me disais : « Tu dois exagérer, tu fais ce que fait toujours la jeunesse, tu ressens par trop la moindre vétille comme si c'était une grandiose exception. » Mais cette consolation, je l'ai presque perdue plus tard, quand mes vues sur le monde se sont élargies.

Je me suis tout aussi peu délivré de toi dans le judaïsme. Là pourtant, la délivrance eût été concevable en soi, plus même, il eût été concevable que nous nous fussions retrouvés tous deux dans le judaïsme ou même que nous en fussions sortis unis. Mais que m'as-tu transmis en fait de judaïsme ! Au long des années, il m'a inspiré à peu près trois attitudes.

Enfant, j'étais d'accord avec toi pour me reprocher de ne pas aller assez souvent à la synagogue, de ne pas jeûner, etc. Par là, ce n'était pas à moi, mais à toi que je croyais faire tort, et j'étais envahi par la conscience de ma faute qui, de toute façon, était toujours prête à surgir.

Plus tard, adolescent, je ne comprenais pas que toi, avec le fantôme de judaïsme dont tu disposais, tu pusses me reprocher de ne pas faire d'efforts (j'aurais dû en faire, ne serait-ce que par respect, disais-tu) pour développer quelque chose de tout aussi fantomatique. Car pour ce que je pouvais en voir, c'était vraiment une bagatelle, une plaisanterie, pas même une plaisanterie. Tu allais au temple environ quatre fois par an, tu y étais, à tout le moins, plus proche des indifférents que des convaincus, tu t'acquittais patiemment de la prière comme on accomplit une formalité et tu m'as bien souvent rempli de stupéfaction en me montrant dans ton livre le passage qu'on était en train de lire ; pour le reste, une fois que j'étais à l'intérieur — c'était là le principal — je pouvais me fourrer où bon me semblait. Je passais donc à bâiller et à rêvasser ces heures interminables (je ne me suis autant ennuyé, je crois, que plus tard, pendant les leçons de danse) et j'essayais de tirer le plus de plaisir possible des quelques petites diversions qui s'offraient, comme l'ouverture de l'arche d'alliance, laquelle me rappelait toujours ces baraques de tir, à la foire, où l'on voyait également une boîte s'ouvrir quand on faisait mouche, sauf que c'était toujours quelque chose d'amusant qui sortait, alors qu'ici, ce n'était jamais que les mêmes vieilles poupées sans tête. Du reste, j'y ai bien souvent aussi connu la peur, et non seulement, comme on pouvait s'y attendre, à cause du grand nombre de gens avec lesquels on entrait en contact, mais parce que tu avais dit un jour en passant que je pourrais, moi aussi, être appelé à la Thora. J'en ai tremblé de peur pendant des années. Mais à part cela, rien ne venait troubler sérieusement mon ennui, si ce n'est la *Bar-Mitzvah* qui, ne demandant qu'un ridicule effort de mémoire, n'aboutissait qu'à un ridicule succès d'examen, ou encore les petits événements sans importance qui te concernaient — ainsi, par exemple, le moment où tu étais appelé à la Thora et où tu te tirais à ton honneur de cette épreuve à mon sens exclusivement mondaine — ou bien encore la Fête des Morts, quand tu restais au temple pour assister à la cérémonie et qu'on me renvoyait — ce qui, sans doute en raison de mon exclusion et de mon manque de tout intérêt profond pour ce qui se passait là, m'a donné pendant des années le sentiment à peine conscient qu'il devait s'agir d'une chose indécente. S'il en allait ainsi au temple, c'était, si possible, encore plus lamentable à la maison ; on se bornait à fêter la première soirée du *Seder* qui, il est vrai, sous l'influence des enfants grandissants (mais pourquoi devais-tu te soumettre à cette influence ? parce que tu l'avais provoquée), dégénéra de plus en plus en une véritable comédie accompagnée de fous rires. Tel était donc le matériel constituant la foi qui m'a été transmise — matériel à quoi s'ajoutait tout au plus ta main tendue désignant les « fils du millionnaire Fuchs », qui accompagnaient leur père à la synagogue. Je ne voyais pas ce qu'on pouvait faire de mieux avec un pareil matériel que de s'en libérer au plus vite ; cette libération, justement, me semblait être le plus pieux des actes.

Plus tard, cependant, je vis les choses sous un autre jour et je compris pourquoi tu étais en droit de croire, là comme ailleurs, que je te trahissais avec méchanceté. Tu avais effectivement rapporté un peu de judaïsme de cette sorte de ghetto rural dont tu étais issu ; c'était bien peu et ce peu a encore diminué sous l'influence de la ville et de l'armée, mais quoi qu'il en soit, tes impressions et tes souvenirs de jeunesse étaient tout juste suffisants pour te permettre une espèce de vie juive — et ceci d'autant plus que, descendant d'une race vigoureuse et ne risquant guère pour ta part d'être ébranlé par les scrupules religieux quand ils ne se mêlaient pas par trop à des considérations sociales, tu n'avais pas grand besoin d'un appui de ce genre. Au fond, la loi qui gouvernait ta vie consistait à croire en la vérité absolue des opinions d'une certaine classe juive, ce qui revient à dire, puisque ces opinions faisaient partie de ta personne, à croire en toi-même. Même cela comportait encore une bonne part de judaïsme, mais vis-à-vis de l'enfant, c'était trop peu pour être transmis, ton judaïsme s'épuisait complètement tandis que tu le remettais entre mes mains. Il y avait là en partie des impressions de jeunesse impossibles à transmettre, en partie ta manière d'être, que je redoutais. Il était impossible de faire comprendre à un enfant observant tout avec l'excès d'acuité né de la peur que les quelques balivernes que tu accomplissais au nom du judaïsme, avec une indifférence proportionnée à leur futilité, pouvaient avoir un sens plus élevé. Pour toi, elles avaient la valeur de petits souvenirs d'une époque révolue et c'est pour cela que tu voulais me les proposer mais, comme tu ne croyais pas toi-même à leur valeur propre, tu ne pouvais le faire que par la persuasion ou la menace ; d'une part, cela ne pouvait mener à rien, et d'autre part, comme tu n'avais pas la moindre idée de la faiblesse de ta position, cela devait nécessairement t'exaspérer contre moi, si obstiné en apparence.

Mais tout ceci n'est pas un phénomène isolé, la situation était à peu près la même pour une grande partie de cette génération juive qui se trouvait à un stade de transition du fait qu'elle avait quitté la campagne, où l'on était encore relativement pieux, pour aller s'établir dans les villes ; la transition se fit toute seule, mais elle mit dans nos rapports, qui ne manquaient certes pas d'arêtes tranchantes, une acuité supplémentaire passablement douloureuse. Pour te défendre, tu peux évidemment te croire innocent sur ce point comme sur les autres, ainsi que je le fais moi-même ; mais pourquoi ne pas expliquer cette innocence par ta nature et par les conjonctures de ton époque, au lieu de l'expliquer par les seules circonstances extérieures et de dire, par exemple, que tu as eu bien trop de travail et de tracas dans ta vie pour consacrer du temps à de semblables préoccupations. C'est ainsi que tu te plais à transformer ton innocence, qui est indubitable, en reproches

injustes contre les autres. C'est là un raison-
nement qu'il est toujours très facile de réfu-
ter, ici comme ailleurs. Ce dont il s'agissait, ce
n'était pas de donner un enseignement quelconque à tes enfants, mais de leur montrer
une vie exemplaire ; si ton judaïsme avait été
plus fort, ton exemple aurait été aussi plus
coercitif, et ceci, bien entendu et une fois de
plus, n'est nullement un reproche, ce n'est
qu'une défense contre tes reproches. Récemment, tu as lu les souvenirs de jeunesse de
Franklin. C'est vraiment à dessein que je te les
ai donnés à lire, non pas, comme tu l'as
remarqué ironiquement, à cause d'un court
passage concernant le régime végétarien,
mais en raison des rapports de l'auteur avec
son père, tels qu'ils sont décrits, et en raison
des rapports de l'auteur avec son fils, tels
qu'ils s'expriment d'eux-mêmes dans ces souvenirs écrits à l'intention du fils. Ici, je ne tiens
pas à relever certains détails.

Après coup, ma conception de ton
judaïsme s'est trouvée confirmée dans une
certaine mesure par ton comportement au
cours de ces dernières années, quand il te
parut que je m'intéressais plus qu'avant aux
questions juives. Comme tu montres de l'aversion pour toutes les choses dont je m'occupe
et, surtout, pour ma manière de m'en occu-

per, tu ne manquas pas non plus d'en montrer ici. Mais sans s'arrêter à cela, on aurait pu s'attendre à ce que tu fisses une petite exception sur ce point. Car dans ce cas, c'était bien un judaïsme issu de ton judaïsme qui s'agitait pour naître, et avec lui, la possibilité de nouveaux rapports entre nous. Je ne nie pas que si tu avais montré de l'intérêt pour ces choses, elles n'eussent pu par là même me devenir suspectes. Je ne songe pas un instant à me prétendre meilleur que toi à cet égard. Mais je n'eus même pas à en faire la preuve. Par mon entremise, le judaïsme te devint odieux, tu jugeas les écrits juifs illisibles, ils te «dégoûtèrent». Cela pouvait signifier que tu affirmais obstinément la vérité du judaïsme que tu m'avais montré dans mon enfance, rien n'existant au-delà. Cependant, il n'était guère concevable que tu pusses t'entêter à le dire. Ce «dégoût» (abstraction faite de ce qu'il n'était pas d'abord dirigé contre le judaïsme, mais contre ma personne), ce dégoût ne pouvait donc signifier que ceci : tu reconnaissais inconsciemment la faiblesse de ton judaïsme et de mon éducation juive, tu ne voulais à aucun prix qu'elle te fût rappelée, et à tous les souvenirs de ce genre tu répondais par une haine ouverte. Tu exagérais d'ailleurs beaucoup en faisant, négativement, tant de cas de mon judaïsme tout neuf; d'abord il était gros de ta malédiction et ensuite les relations avec autrui jouaient un rôle décisif dans son évolution, dans mon cas donc, un rôle mortel.

Tu as touché plus juste en concevant de l'aversion pour mon activité littéraire, ainsi que pour tout ce qui s'y rattachait et dont tu ne savais rien. Là, je m'étais effectivement éloigné de toi tout seul sur un bout de chemin, encore que ce fût un peu à la manière du ver qui, le derrière écrasé par un pied, s'aide du devant de son corps pour se dégager et se traîner à l'écart. J'étais en quelque façon hors d'atteinte, je recommençais à respirer. Exceptionnellement, la répugnance que tu ne manquas pas de montrer d'emblée, pour mon activité littéraire comme pour le reste, me fut agréable. Ma vanité, mon ambition avaient certes à souffrir de l'accueil, devenu célèbre parmi nous, que tu faisais à mes livres : «Pose-le sur la table de nuit !» (lorsqu'il arrivait un livre, en effet, tu jouais généralement aux cartes), mais au fond je m'en trouvais bien, non seulement à cause de mon attitude de revendication méchante, non seulement parce que je me réjouissais de voir ma conception de nos rapports une fois de plus confirmée, mais aussi, tout à fait spontanément, parce que cette formule me paraissait signifier à peu près : « Maintenant tu es libre ! » Bien entendu, c'était là une illusion, je n'étais pas, ou dans le meilleur des cas, pas encore libre. Dans mes livres, il s'agissait de toi, je ne faisais que m'y plaindre de ce dont je ne pouvais me plaindre sur ta poitrine. C'était un adieu que je te disais, un adieu intentionnellement traîné en longueur, mais qui, s'il m'était imposé par toi, avait lieu dans un sens déterminé par moi. Mais comme tout cela était peu de choses ! Si cela vaut la peine d'en parler, c'est uniquement parce que cela s'est passé dans ma vie — ailleurs, il n'y aurait rien à en retenir — et aussi parce que ce qui a été pressentiment dans mon enfance, espoir plus tard et plus tard encore bien souvent désespoir, a régné sur toute ma vie et — si l'on veut, une fois de plus en empruntant ton visage — m'a dicté mes quelques petites décisions.

Ainsi, le choix d'une profession. Avec les vues larges et même la patience que tu avais dans cet ordre d'idées, tu m'as laissé entièrement libre. Il est vrai qu'en cela, tu te conformais aussi au comportement général — déterminant pour toi — de la petite bourgeoisie juive à l'égard de ses fils, ou que, pour le moins, tu adoptais les jugements de valeur ayant cours dans cette classe sociale. La décision fut encore influencée, en définitive, par l'une de tes erreurs habituelles sur ma personne. De tout temps, en effet, ton orgueil paternel, ton ignorance de mon existence véritable et certaines déductions que tu tirais de la fragilité de ma santé, t'ont amené à me croire particulièrement travailleur. Étant enfant, selon toi je n'ai pas cessé d'étudier et, plus tard, je n'ai pas cessé d'écrire. Or, ceci est bien loin d'être exact. En exagérant beaucoup moins, on pourrait dire au contraire que je n'ai guère étudié, et rien appris du tout ; il n'y a vraiment rien d'extraordinaire à ce que, avec une mémoire moyenne et une intelligence qui n'était pas des plus médiocres, il me soit resté quelques bribes de ce que j'ai appris tout au long de ces années. Quoi qu'il en soit, comparée à ma dépense de temps et d'argent au milieu d'une vie paisible et extérieurement sans soucis, comparée surtout au savoir de presque tous les gens que je connais, la somme de mes connaissances, et surtout de ce qui en fait la base, est absolument pitoyable. C'est pitoyable, mais compréhensible pour moi. Depuis que je suis en mesure de penser, l'affirmation de mon existence spirituelle m'a donné des soucis tellement graves que tout le reste m'a été indifférent. Chez nous, les lycéens juifs tombent facilement dans la bizarrerie, on trouve parmi eux les types les plus invraisemblables, mais cette indifférence qui était la mienne, cette indifférence froide, à peine déguisée, inaltérable, brutalement contente d'elle-même, qui, chez un enfant déjà suffisamment fantasque en soi — mais froidement fantasque — se condamnait elle-même à l'impuissance et allait jusqu'au ridicule, je ne l'ai plus jamais rencontrée nulle part ; il faut bien dire aussi que dans mon cas, elle était l'unique protection possible contre un délabrement nerveux provoqué par l'angoisse et le sentiment de culpabilité. Absorbé, je ne l'étais que par mon inquiétude au sujet de ma propre personne, mais cette inquiétude affectait les formes les plus diverses. Par exemple, je m'inquiétais de ma santé ; cela a commencé de façon anodine, j'étais pris çà et là d'une légère crainte à propos de troubles digestifs, de la perte de quelques cheveux, d'une déviation de la colonne vertébrale, et ainsi de suite ; puis cela s'aggrava suivant d'innombrables degrés, pour finir par une vraie maladie. Mais comme je n'étais sûr de rien, comme j'attendais de chaque instant une nouvelle confirmation de mon existence, comme il n'y avait rien qui fût en ma possession réelle, incontestable, exclusive et déterminée par moi seul sans équivoque, comme j'étais, en somme, un fils déshérité, je me pris à douter aussi de ce qui m'était le plus proche, de mon propre corps ; je poussai tout en hauteur, mais je ne sus que faire de mon corps, la charge était trop lourde, mon dos se voûta ; j'osai à peine bouger, encore moins faire de la gymnastique, je restai faible ; j'admirais comme une merveille ce dont je disposais encore, ma bonne digestion, par exemple ; c'était suffisant pour la perdre, et c'est ainsi que le chemin de l'hypocondrie se trouva libre, jusqu'au moment où, épuisé par l'effort surhumain que m'imposait ma volonté de me marier, je me mis à cracher le sang — résultat qu'on peut sans doute attribuer pour une bonne part à mon logement du palais Schönborn et que je peux mentionner dans cette lettre, puisque, si j'ai tenu à avoir ce logement, c'est uniquement parce que je le croyais nécessaire à mon travail littéraire. Tout cela n'a donc pas été provoqué par un excès de travail, ainsi que tu te l'es toujours imaginé. Il y a eu des années où, en pleine santé, j'ai passé plus de temps à traîner sur le canapé que tu ne l'as jamais fait dans ta vie entière, en comptant toutes tes maladies. Quand je te quittais en courant, l'air excessivement affairé, c'était généralement pour aller me coucher dans ma chambre. La somme totale de travail que j'ai produite tant à la maison qu'au bureau (où, certes, la paresse n'attire guère l'attention, et la mienne était tenue en lisière par mon caractère timoré) est infime. Si tu en avais un aperçu, tu serais épouvanté. Il est probable que la paresse n'était pas dans ma nature, mais je n'avais rien à faire. Là où je vivais, j'étais rejeté, condamné, écrasé, et quoique je fisse vraiment les efforts les plus désespérés pour trouver un refuge ailleurs, ce n'était pas là un travail, il s'agissait d'une tâche impossible qui, à quelques petites exceptions près, n'était pas à la mesure de mes forces.

C'est donc dans cet état que je fus laissé libre de choisir une profession. Mais avais-je encore l'usage d'une pareille liberté ? Avais-je donc encore assez de confiance en moi pour accéder à une profession véritable ? Mon appréciation de moi-même était beaucoup plus dépendante de toi que de n'importe quoi d'autre, d'un succès extérieur par exemple. Le succès n'était que le réconfort d'un instant, rien de plus, mais de l'autre côté, ton poids m'entraînait de plus en plus lourdement. Jamais, pensais-je, je ne passerais l'examen de première classe à l'école communale, mais je le passais, j'avais même un prix ; dans ce cas, je serais certainement refusé à l'examen d'entrée du lycée, mais j'étais reçu ;

maintenant, j'étais sûr d'échouer en première du lycée, mais je n'échouais pas et je continuais à monter de classe. Cependant, je n'en tirais aucune raison d'espoir, au contraire, j'étais toujours convaincu — et le désaveu que je lisais sur ton visage m'en fournissait bel et bien la preuve — que plus j'avais de succès, et plus l'issue serait finalement désastreuse. Je voyais souvent en pensée la terrible assemblée des professeurs (le lycée n'est ici que l'exemple le plus conforme à l'ensemble, mais tout se passait de façon analogue autour de moi) qui, lorsque j'aurais passé avec succès l'examen de première, puis de seconde, se réunirait en seconde, puis en troisième, etc., pour examiner ce cas unique et révoltant et découvrir comment j'avais pu, moi, le plus incapable et en tout cas le plus ignorant de tous, arriver sournoisement jusqu'à une pareille hauteur, jusqu'à cette classe qui, maintenant que l'attention générale était attirée sur moi, allait naturellement me vomir aussitôt, au milieu de l'allégresse de tous les justes délivrés de ce cauchemar. Il n'est pas facile pour un enfant de vivre avec de pareilles idées. Dans ces conditions, que m'importait l'enseignement? L'enseignement — et non seulement l'enseignement, mais tout ce qu'il y avait autour de moi à cet âge décisif — m'intéressait à peu près autant que les petites transactions courantes qu'il a encore à effectuer en qualité d'employé de banque peuvent intéresser un fraudeur qui est encore en place et tremble d'être découvert. Tout était si petit, si lointain à côté de l'essentiel. Cela continua jusqu'à l'examen de maturité que, cette fois, je passai vraiment en partie par fraude, puis ce fut la fin; maintenant, j'étais libre. Si, en dépit de la contrainte du lycée, je ne m'étais jamais soucié que de moi, qu'allait-ce être maintenant que j'étais libre ! Il ne pouvait donc y avoir aucune liberté véritable pour moi dans le choix d'une profession, je me disais : en face de l'essentiel, tout me sera aussi indifférent que les matières étudiées au lycée, il s'agit donc de trouver la profession qui, sans blesser par trop mon amour-propre, autorisera le mieux mon indifférence. Ainsi, les études de droit allaient de soi. De petits essais contraires, suggérés par la vanité et un espoir absurde, tels que des études de chimie qui ont duré quinze jours et des études d'allemand qui ont duré six mois, ne firent que me fortifier dans ma conviction de principe. Je fis donc des études de droit. C'est-à-dire que, m'épuisant sérieusement les nerfs pendant les quelques mois qui précédaient les examens, je me suis nourri spirituellement d'une sciure de bois que, pour comble, des milliers de bouches avaient déjà mâchée pour moi. Mais en un sens, c'était justement cela qui était de mon goût, comme auparavant au lycée et plus tard au bureau, car tout cela était parfaitement conforme à ma situation. Sur ce point, en tout cas, j'ai montré une étonnante faculté de prévision : dès l'enfance, j'ai eu des pressentiments assez clairs touchant mes études et ma profession. Je n'attendais pas le salut de ce côté-là, j'avais renoncé depuis longtemps à le trouver par cette voie.

En revanche, je n'ai montré aucune espèce de clairvoyance en ce qui concerne le mariage, son importance et sa possibilité pour moi. Ce qui est jusqu'ici le plus grand effroi de ma vie s'est emparé de moi presque à l'improviste. L'enfant avait eu un développement si lent, qu'au-dehors, il resta tout à fait à l'écart de ces sortes de préoccupations ; de temps à autre, la nécessité d'y penser s'imposait, mais rien ne pouvait laisser prévoir qu'elles lui préparaient une épreuve constante et décisive, la plus inexorable de toutes. En fait pourtant, mes tentatives de mariage ont donné naissance à la plus grandiose, à la plus prometteuse des tentatives de libération ; il est vrai qu'ensuite, le grandiose de l'échec a été à la mesure de l'effort.

Comme j'échoue dans tout ce qui touche à ce domaine, je crains de ne pas réussir non plus à t'expliquer mes tentatives de mariage. Et pourtant, le succès de cette lettre tout entière en dépend, car, d'une part, c'est dans ces tentatives que se trouve réuni tout ce dont je disposais en fait de forces positives, et, d'autre part, toutes les forces négatives que j'ai décrites comme le résultat de ton éducation, c'est-à-dire la faiblesse, le manque de confiance en soi, le sentiment de culpabilité, s'y sont rassemblées avec furie et ont établi un véritable cordon de troupes entre le mariage et moi. De plus, il me sera difficile de m'expliquer, parce qu'à force d'avoir pensé à ce problème, à force de l'avoir retourné en tous sens pendant tant de jours et tant de nuits, le seul fait de l'avoir sous les yeux me trouble déjà. L'explication ne me sera facilitée que par ton incompréhension du problème qui, selon moi, est totale ; rectifier quelque peu une incompréhension aussi absolue ne me paraît pas exagérément difficile.

D'abord, tu fais entrer l'échec de mes mariages dans la série de mes autres insuccès ; en soi, je n'aurais rien contre cette façon de voir, à condition que tu voulusses bien admettre les raisons que j'ai fournies jusqu'ici pour expliquer mes échecs. Il entre vraiment dans la même série, mais tu sous-estimes son importance, tu la sous-estimes à tel point que lorsque nous en parlons ensemble, c'est en vérité de choses entièrement différentes que nous parlons. J'ose affirmer qu'il ne t'est rien arrivé dans toute ta vie qui ait eu pour toi une importance comparable à celle que mes tentatives pour me marier ont eue pour moi. Et je ne veux pas dire par là que tu n'as rien connu d'aussi important en soi, au contraire, ta vie a été beaucoup plus riche en événements et en soucis, beaucoup plus tumultueuse que la mienne, mais c'est justement pour cela qu'il ne t'est rien arrivé de tel. C'est comme pour quelqu'un qui a cinq marches basses à monter, tandis qu'un deuxième n'en a qu'une, mais une qui, du moins pour lui, est aussi haute que les cinq autres réunies ; le premier ne se contentera pas de venir à bout de ses cinq marches, il en montera des centaines, des milliers d'autres, il aura mené une vie pleine et fatigante, mais aucune des marches qu'il a gravies n'aura eu pour lui autant d'importance que n'en a pour le second cette unique marche, la plus haute, celle qu'il ne pourrait pas monter quand il y mettrait toutes ses forces, celle qu'il ne peut pas atteindre et que, bien entendu, il ne peut pas non plus dépasser.

Se marier, fonder une famille, accepter tous les enfants qui naissent, les faire vivre dans ce monde incertain et même, si possible, les guider un peu, c'est là, j'en suis persuadé, l'extrême degré de ce qu'un homme peut atteindre. Que tant de gens y parviennent si facilement en apparence n'est pas une preuve du contraire — d'abord, il n'y en a pas tellement qui y réussissent vraiment, et ensuite, ce petit nombre ne « fait » généralement rien, mais « subit » quelque chose ; il va sans dire que ce n'est pas là ce degré extrême dont je parle, mais cela reste très grand et très respectable (d'autant plus qu'il n'est pas possible de distinguer nettement entre « faire » et « subir »). Et, en définitive, il ne s'agit même pas de ce degré extrême, il ne s'agit que de quelque approximation lointaine, mais honnête ; il n'est vraiment pas nécessaire de prendre son vol pour arriver au beau milieu du soleil, mais il importe de ramper sur terre jusqu'à ce que l'on y trouve une petite place propre où le soleil luit parfois et où il est possible de se réchauffer un peu.

Comment étais-je préparé à cela ? Aussi mal que possible. Ce qui précède suffit à le montrer. Cependant, si tant est qu'il existe pour cela une préparation directe de l'individu et une création directe des conditions générales de départ, tu n'es pas beaucoup intervenu de l'extérieur. Il ne peut d'ailleurs pas en être autrement, ce qui décide en l'occurrence, c'est la morale sexuelle propre à une classe sociale, à un pays, à une époque donnés. Quoi qu'il en soit, tu es intervenu là aussi, peu, certes, car une intervention de ce genre suppose une solide confiance réciproque, et nous en manquions depuis toujours aux moments décisifs, ce qui n'était guère heureux, parce que nos exigences étaient entièrement différentes; ce qui m'empoigne doit nécessairement te laisser froid et inversement, ce que tu juges innocent peut me paraître coupable et inversement, ce qui, dans ta vie, reste sans conséquence, peut devenir le couvercle de mon cercueil.

Je me rappelle un soir où j'ai fait une promenade avec toi et maman; c'était sur la Josefsplatz, près de l'endroit où se trouve aujourd'hui la Länderbank; je commençai à parler des choses «intéressantes», et je le fis bêtement, sur un ton vantard, en affichant un air supérieur, de la fierté, de l'indifférence (ce qui était faux), de la froideur (ce qui était vrai), et en bégayant comme je le faisais généralement quand je te parlais; je vous fis des reproches parce que vous m'aviez laissé dans l'ignorance, parce que mes camarades de classe avaient été les premiers à se charger de m'instruire et que j'avais côtoyé de grands dangers (là, je mentais à ma manière, effrontément, à seule fin de me montrer courageux, ma timidité m'empêchant d'avoir une idée plus précise des «grands dangers» en question), et pour conclure, je vous fis comprendre que maintenant, j'étais par bonheur instruit de tout, que je n'avais plus besoin de conseils et que tout était rentré dans l'ordre. Si j'avais abordé ce sujet, c'était d'abord pour avoir au moins le plaisir d'en parler, ensuite par curiosité, et enfin, pour me venger de je ne sais quoi sur vous. Tu pris cela selon ton caractère, fort simplement, et tu te bornas à dire que tu pouvais me donner conseil pour me permettre de pratiquer ces choses sans danger. Peut-être avais-je justement voulu t'arracher une réponse de ce genre, elle s'accordait bien à la lascivité d'un garçon bourré de viande, gavé de toutes les bonnes choses, physiquement inactif et perpétuellement occupé de soi-même, mais ma pudeur extérieure en fut, ou tout au moins s'en crut si gravement offensée que, bien malgré moi, je me trouvai dans l'impossibilité de continuer à parler et rompis l'entretien avec une insolence hautaine.

Il n'est pas facile de porter un jugement sur

la réponse que tu me fis ce jour-là ; d'un côté, il y a dans sa franchise quelque chose d'écrasant qui vient pour ainsi dire de temps immémoriaux, mais d'un autre côté, pour ce qui est de l'enseignement lui-même, elle révèle une absence de scrupules parfaitement moderne. Je ne sais pas quel âge je pouvais avoir alors, je n'avais sans doute pas beaucoup plus de seize ans. Il demeure que pour un adolescent tel que moi, c'était une singulière réponse, et qu'elle ait été le premier précepte me venant de toi qui impliquât directement une manière de vivre, met bien en évidence la distance qui nous séparait. Mais son sens véritable, dont je ne pris à moitié conscience que bien plus tard quoiqu'il se fût profondément imprimé en moi dès ce moment, était le suivant : à tes yeux, et combien plus encore selon mon sentiment d'alors, ce que tu me conseillais était la plus grande saleté qui se pût concevoir. Il était secondaire que tu prisses soin de ne pas laisser mon corps rapporter quelque chose de cette saleté chez toi, par là, tu ne faisais que protéger ta maison et te protéger toi-même. L'essentiel, c'est bien plutôt que tu restais à l'extérieur de ton conseil, que tu restais un époux, un homme pur que ces choses-là ne pouvaient atteindre ; cela eut des conséquences d'autant plus graves pour moi que le mariage lui-même me paraissait honteux et que je ne pouvais donc pas appliquer à mes parents les remarques abstraites que j'avais entendu faire à son sujet. Tu en fus encore plus pur à mes yeux, je te plaçai encore plus haut. Je ne pouvais concevoir qu'avant de te marier, par exemple, tu eusses pu te donner à toi-même semblable conseil. Ainsi, il ne restait sur toi presque aucune trace de boue terrestre. Et c'était justement toi qui, en me parlant franchement, me poussais à descendre dans la boue comme si je lui étais destiné. Si le monde ne se composait que de toi et de moi, ce que j'inclinais fort à croire, la pureté du monde finissait donc avec toi et, en vertu de ton conseil, la boue commençait avec moi. Cette condamnation était en soi vraiment incompréhensible, je ne pouvais me l'expliquer que par une faute ancienne et par le plus profond mépris de ta part. Par là, j'étais une fois de plus touché, et très durement, au centre le plus intime de mon être.

C'est maintenant que se montre peut-être le plus clairement notre innocence commune. A donne à B un conseil sincère en accord avec sa conception de la vie, conseil qui n'est pas très beau, mais qui se trouve aujourd'hui d'un usage tout à fait courant dans les villes, et qui, de plus, est peut-être propre à écarter certaines choses dangereuses pour la santé. Moralement, ce conseil n'est pas très réconfortant pour B, mais avec le temps, pourquoi B ne surmonterait-il pas le mal qui lui est fait, il n'est d'ailleurs nullement obligé de suivre le conseil, et en tout cas, le conseil à lui seul n'est pas un motif suffisant pour que B voie s'écrouler sur lui à peu près toute l'organisation de son avenir. C'est pourtant quelque chose de ce genre qui se produit, mais pour cette unique raison, justement, que tu es A et que je suis B.

Ce qui me donne encore un bon aperçu de notre innocence réciproque, c'est le heurt qui s'est produit entre nous quelque vingt ans plus tard dans des circonstances tout à fait différentes et qui, s'il était atroce en tant que fait, comportait néanmoins infiniment moins de dangers — y avait-il, en effet, dans l'homme de trente-six ans que j'étais alors, quelque chose qui pût encore être endommagé ? Je pense ici au petit discours que tu m'as tenu un jour, à l'époque des journées mouvementées qui ont suivi l'annonce de mon dernier projet de mariage. Tu m'as dit à peu près : « Je suppose qu'elle a mis quelque corsage choisi avec recherche, comme les Juives de Prague s'entendent à le faire, et là-dessus naturellement, tu as décidé de l'épouser. Et ceci le plus vite possible, dans une semaine, demain, aujourd'hui. Je ne te comprends pas, tu es un homme adulte, tu vis dans une ville, et tu ne trouves pas d'autre solution que d'épouser sur-le-champ la première femme venue. N'y a-t-il vraiment pas d'autres possibilités ? Si tu as peur de le faire toi-même, j'irai la voir avec toi. » Tu as dit cela en développant davantage et plus clairement, mais je ne me rappelle plus les détails, peut-être avais-je aussi un peu de brouillard devant les yeux, il me semble presque que c'était maman qui m'intéressait le plus, car bien qu'elle fût entièrement d'accord avec toi, elle prit néanmoins quelque chose sur la table pour pouvoir l'emporter et quitter la pièce. Il ne t'est guère arrivé de m'humilier plus profondément par tes paroles, tu ne m'as jamais montré ton mépris plus clairement. Quand tu me tenais le même langage, vingt ans auparavant, on aurait même pu voir un peu de respect dans tes yeux pour ce garçon, précocement mûri, que tu jugeais déjà capable d'être introduit sans plus de détours dans la vie. Aujourd'hui, un pareil respect ne pourrait qu'aggraver le mépris, car l'adolescent s'est trouvé arrêté dans son élan, il ne te paraît pas plus riche d'une seule expérience, mais de vingt ans plus pitoyable. Le choix que je faisais d'une jeune fille n'avait aucun sens pour toi. Tu avais toujours comprimé ma faculté de décision (inconsciemment), et tu croyais maintenant (inconsciemment) savoir ce qu'elle valait. Tu ignorais tout de la libération que je tentais d'accomplir par d'autres voies, tu devais donc nécessairement ignorer le cours des idées qui m'avaient conduit à ce mariage ; il te fallait essayer de les deviner et, conformément au jugement d'ensemble que tu portais sur moi, tu devinais dans le sens le plus ignoble, le plus grossier, le plus ridicule. Et tu n'hésitais pas un seul instant à me le dire dans le langage correspondant. La honte que tu m'infligeais ainsi n'était rien pour toi en comparaison de celle que j'aurais infligée à ton nom en contractant ce mariage.

Maintenant, il t'est loisible de me répondre bien des choses à cet égard, et c'est d'ailleurs ce que tu as fait : tu ne pouvais guère respecter ma décision, alors que j'ai rompu par deux fois mes fiançailles avec F. et renoué deux fois, alors que je vous ai, maman et toi, inutilement traînés à Berlin pour les fiançailles, et ainsi de suite. Tout cela est vrai, mais comment en suis-je arrivé là ?

Le principe de mes deux projets de mariage était tout à fait correct : fonder un foyer, me rendre indépendant. C'est même une idée qui t'est sympathique, sauf que les choses se passaient en réalité comme dans ce jeu d'enfants où l'un tient la main de l'autre, la serre même et s'écrie en même temps : « Mais va-t'en donc, va-t'en donc, pourquoi ne pars-tu pas ? » Ce qui, dans notre cas, se compliquait encore de la sincérité avec laquelle tu disais depuis toujours : « Va-t'en donc ! », puisque depuis toujours, c'est uniquement en vertu de ta nature que tu me tiens, ou plus exactement que tu me maintiens en ton pouvoir.

Mon choix des deux jeunes filles à été le fait du hasard, mais s'est trouvé extraordinairement juste. Que tu puisses me croire capable, moi, l'être anxieux, hésitant, soupçonneux, de me décider d'un seul coup à me marier parce que j'ai été ravi par un corsage, est encore un signe de ta totale incompréhension. Ces deux mariages seraient devenus bien plus des mariages de raison, pour autant que cette expression implique que j'aie consacré toute ma faculté de penser à en former le projet, jour et nuit, la première fois pendant des années, la seconde fois pendant des mois.

Ni l'une ni l'autre des jeunes filles ne m'a déçu, je les ai déçues toutes les deux. Mon jugement sur elles est exactement le même qu'à l'époque où je voulais les épouser.

Ce n'est pas non plus qu'en faisant ma

seconde tentative, j'aie négligé les expériences de la première, que j'aie donc agi avec légèreté. Les deux cas étaient entièrement différents, dans le deuxième, bien plus riche en perspectives d'ailleurs, c'était justement l'expérience du passé qui pouvait me donner de l'espoir. Mais je ne veux pas rappeler les détails ici.

S'il en est ainsi, pourquoi ne me suis-je pas marié ? Là comme partout, il y avait des obstacles particuliers, mais la vie consiste précisément à savoir les accepter. L'obstacle essentiel, malheureusement indépendant de chaque cas isolé, c'est que je suis, de toute évidence, spirituellement inapte au mariage. Cela se traduit par le fait qu'à l'instant même où je décide de me marier, je ne peux plus dormir, j'ai la tête en feu jour et nuit, ce n'est plus une vie, je suis désespérément ballotté de tous côtés. Ce ne sont pas, à proprement parler, les soucis qui provoquent cet état, bien que, répondant à mon humeur sombre et à ma méticulosité, d'innombrables soucis ne laissent pas non plus de s'y glisser, mais ils ne constituent pas l'élément décisif, ils ne font que parfaire l'ouvrage comme les vers sur le cadavre, le coup définitif m'est porté par autre chose. Et c'est l'oppression générale qui naît de mon angoisse, de ma faiblesse, de mon mépris de moi-même.

Je vais essayer de serrer l'explication de plus près : à l'occasion de mes tentatives de mariage, mes relations avec toi sont devenues le lieu de rencontre où deux éléments, en apparence opposés, se sont heurtés plus violemment que partout ailleurs. Le mariage fournit assurément la garantie de l'indépendance et de la plus rigoureuse libération de soi-même. J'aurais une famille, ce qui est d'après moi ce qu'on peut atteindre de plus élevé et, par conséquent, ce que tu as atteint de plus élevé toi-même, je serais ton égal : ce qu'il y a entre nous de tyrannie, de honte ancienne et éternellement nouvelle n'appartiendrait plus désormais qu'à l'histoire. Ce serait évidemment un beau conte de fées, mais voilà justement le point douteux. C'est trop, on ne peut pas espérer en obtenir autant. Il en va comme pour un prisonnier qui à l'intention de s'évader, ce qui serait peut-être réalisable, mais projette aussi, et ceci en même temps, de transformer la prison en château de plaisance à son propre usage. Mais s'il veut s'évader, il ne peut pas entreprendre la transformation, et s'il l'entreprend, il ne peut pas s'évader. Mes relations avec toi étant particulièrement malheureuses, je ne puis

conquérir mon indépendance que par un
acte ayant le moins de rapports possible avec
toi ; le mariage est l'acte le plus grand, celui
qui garantit l'indépendance la plus respectable, mais c'est aussi celui qui est le plus étroitement lié à toi. Il y a quelque chose de fou à
vouloir sortir de là, et chacune de mes tentatives est presque punie de folie.

C'est du reste partiellement cette relation
étroite avec toi qui m'attire vers le mariage. Si
je me fais une si belle image de l'égalité qui
s'ensuivrait entre nous et que tu es en mesure
de comprendre mieux qu'aucune autre, c'est
parce qu'alors, je pourrais devenir un fils
libre, reconnaissant, innocent et droit, tandis
que tu cesserais d'être opprimé et deviendrais
un père sans tyrannie, compatissant, heureux.
Mais pour en arriver là, il faudrait précisément que tout ce qui a eu lieu fût nul et non
avenu, c'est-à-dire que notre existence elle-
même fût biffée d'un trait.

Tels que nous sommes, le mariage m'est
interdit parce qu'il est ton domaine le plus
personnel. Il m'arrive d'imaginer la carte de
la terre déployée et de te voir étendu trans-
versalement sur toute sa surface. Et j'ai l'impression que seules peuvent me convenir
pour vivre les contrées que tu ne recouvres
pas ou celles qui ne sont pas à ta portée. Étant

donné la représentation que j'ai de ta grandeur, ces contrées ne sont ni nombreuses ni très consolantes, et surtout, le mariage ne se trouve pas parmi elles.

À elle seule, cette comparaison suffit à prouver que je ne prétends nullement que ton exemple m'aurait chassé du mariage, comme il m'a chassé du magasin. Bien au contraire, en dépit de toute ressemblance lointaine. Votre union se présentait à moi comme une union modèle à bien des égards, modèle par la fidélité, l'aide réciproque et le nombre d'enfants ; même quand les enfants devenus grands se mirent de plus en plus à troubler la paix, votre union en tant que telle n'en fut pas touchée. C'est peut-être même cet exemple qui fut à l'origine de ma haute idée du mariage ; si mon désir de me marier était impuissant, cela s'explique par d'autres causes. Elles tenaient à la nature de tes relations avec tes enfants, ce dont il s'agit précisément tout au long de cette lettre.

Selon une opinion répandue, la peur du mariage viendrait souvent de ce que l'on craint d'avoir des enfants qui vous feraient payer plus tard tous les torts qu'on a eus soi-même envers ses parents. Je ne crois pas que cela ait joué un rôle très important dans mon cas, la conscience de ma culpabilité me vient trop réellement de toi, elle est aussi bien trop convaincue de son caractère unique, je peux même dire que ce sentiment d'être unique fait partie de sa nature douloureuse, une répétition est inconcevable. Et pourtant, j'avoue qu'un fils comme moi, un fils muet, apathique, sec, dégénéré, me serait insupportable, il est probable qu'à défaut d'une autre possibilité, je le fuirais, j'émigrerais, comme tu as voulu le faire un jour à cause de mon mariage. Ceci, donc, peut également jouer un rôle dans mon incapacité de me marier.

Mais en l'occurrence, beaucoup plus importante est la peur que j'éprouve pour moi. Cette peur, il convient de la comprendre de la manière suivante : j'ai déjà indiqué que, grâce à mon activité littéraire et à tout ce qui s'y rattache, j'ai fait, sans obtenir plus qu'un succès excessivement limité, de petits essais d'indépendance et de fuite qui, beaucoup de choses me le confirment, n'auront guère de prolongements. Mais, malgré tout, j'ai le devoir de veiller sur eux, ou pour mieux dire, ma vie consiste à veiller sur eux, à les préserver de tout danger contre lequel je puis les défendre, et même de toute éventualité de danger. Le mariage comporte une telle éventualité, ainsi que celle d'un encouragement d'ailleurs, mais il me suffit que l'éventualité du danger existe. Qu'adviendrait-il de moi si c'était tout de même un danger ? Comment pourrais-je continuer à vivre dans le mariage, avec ce sentiment impossible à prouver sans doute, mais assurément irréfutable ! Face à ce problème, je puis bien hésiter, mais l'issue est certaine, il me faut renoncer. La métaphore du moineau dans la main et du pigeon sur le toit ne s'applique que de fort loin à mon cas. Dans la main, je n'ai rien, sur le toit, il y a tout, et pourtant, il me faut — ce sont les conditions de la lutte et les besoins de la vie qui en décident ainsi — choisir le rien. Et c'est bien d'une manière analogue que j'ai dû choisir ma profession.

Mais l'obstacle essentiel à mon mariage, c'est la conviction, maintenant indéracinable, que pour pourvoir à la suffisance d'une famille et combien plus encore pour en être vraiment le chef, il faut avoir toutes ces qualités que j'ai reconnues en toi, bonnes et mauvaises prises ensemble telles qu'elles se trouvent organiquement réunies dans ta personne, c'est-à-dire de la force et du mépris pour les autres, de la santé et une certaine démesure, de l'éloquence et un caractère intraitable, de la confiance en soi et de l'insatisfaction à l'égard de tout ce qui n'est pas soi, un sentiment de supériorité sur le monde et de la tyrannie, une connaissance des hommes et de la méfiance à l'endroit de la plupart d'entre eux — à quoi s'ajoutent des qualités entièrement positives, telles que l'assiduité, l'endurance, la présence d'esprit, l'ignorance de la peur. Par comparaison, je n'avais presque rien ou que fort peu de tout cela, et c'est avec ce peu que j'aurais osé me marier, moi, alors que je te voyais, toi, lutter durement dans le mariage et même faire faillite en ce qui concernait tes enfants? Cette question, il va sans dire que je ne me la posais pas plus expressément que je n'y répondais, si je l'avais fait, le sens commun aurait pris la chose à son compte et m'aurait montré des hommes qui, pour différents de toi qu'ils fussent, se sont pourtant mariés (l'oncle Richard, pour n'en citer qu'un dans ton entourage), et dont le moins qu'on puisse dire, c'est que le mariage ne les a pas écrasés, ce qui est déjà beaucoup et m'aurait amplement suffi. Mais cette question, justement, je ne la posais pas, je l'avais vécue dès mon enfance; je n'avais pas attendu le mariage pour me mettre à l'épreuve, je l'avais fait à propos de n'importe quelle bagatelle. Mais à l'occasion de chaque bagatelle tu m'as persuadé de mon incapacité — de la manière que j'ai essayé de décrire, par ton exemple et ton éducation —, et ce qui

était vrai et te donnait raison lorsqu'il s'agissait d'une bagatelle devait bien entendu être
monstrueusement vrai quand il s'agissait de la
chose la plus grave, de mon mariage. Jusqu'au
moment où j'ai tenté de me marier, j'ai vécu
comme un homme d'affaires qui vit au jour le
jour, qui est, certes, accablé de soucis et de
sombres pressentiments, mais ne tient pas
pour autant une comptabilité rigoureuse. Il a
quelques petits bénéfices qu'il ne cesse de
couver et d'exagérer en pensée en raison de
leur rareté, mais pour le reste il est chaque
jour en déficit. Tout est porté sur les livres,
mais on ne fait pas le bilan. Te voilà maintenant forcé d'en venir au bilan, c'est-à-dire à
une tentative de mariage. Et à cause des
sommes considérables sur lesquelles il faut
opérer, tout se passe comme s'il n'y avait toujours eu qu'une seule grande dette, et jamais
le moindre gain. Va donc te marier sans devenir fou !

Tel est l'aboutissement de la vie que j'ai
menée auprès de toi jusqu'ici, telles sont les
perspectives qu'elle implique pour l'avenir.

Si tu avais un jugement d'ensemble sur ce
qui, à mon sens, explique la peur que tu
m'inspires, tu pourrais me répondre : « Tu
prétends qu'en expliquant mes rapports avec
toi par ta seule culpabilité, je me rends la

tâche facile, moi, je crois qu'en dépit de tes efforts apparents, tu te fais les choses pour le moins aussi faciles, mais qu'en outre, tu t'arranges pour les rendre beaucoup plus lucratives. Tu te décharges de toute faute et de toute responsabilité, en cela donc, notre procédé est le même. Mais tandis qu'ensuite, tout aussi franc en paroles qu'en pensée, je rejette entièrement la faute sur toi, tu tiens à montrer un surcroît d'"intelligence" et de "délicatesse", en m'absolvant, moi aussi, de toute faute. Bien entendu, tu n'y parviens qu'en apparence (tu n'en veux d'ailleurs pas davantage), et malgré toutes tes "phrases" sur ce que tu appelles façons d'être, tempérament, contradictions, détresse, il apparaît entre les lignes qu'en réalité, j'ai été l'agresseur, alors que dans tout ce que tu as fait, tu n'as jamais agi que pour ta propre défense. Parvenu à ce point, tu aurais donc, grâce à ta duplicité, obtenu un assez beau résultat, puisque tu as démontré trois choses : premièrement, que tu es innocent, deuxièmement, que je suis coupable, et troisièmement que, par pure générosité, tu es prêt non seulement à me pardonner, mais encore — ce qui est à la fois plus et moins — à prouver et à croire toi-même, à l'encontre de la vérité d'ailleurs, que je suis également innocent. Cela pourrait te suffire, mais cela ne te suffit pas encore. C'est qu'en effet, tu t'es mis en tête de vivre entièrement et absolument à mes dépens. Je t'accorde que nous luttons l'un contre l'autre, mais il y a deux sortes de combats. Le combat chevaleresque, où des adversaires libres mesurent leurs forces, où chacun reste seul, perd ou gagne par ses propres moyens. Et le combat du parasite qui, non seulement pique, mais encore assure sa subsistance en suçant le sang des autres. Ce dernier est celui du vrai soldat de métier, et voilà ce que tu es. Incapable de vivre, voilà ce que tu es ; mais pour pouvoir t'installer commodément dans ton incapacité et y rester sans te faire de soucis ni de reproches, tu démontres que je t'ai enlevé ton aptitude à vivre et que je l'ai mise dans ma poche. Dès lors, que t'importe d'être incapable de vivre, puisque c'est moi qui en porte la responsabilité — toi, cependant, tu t'étends tout de ton long et tu te laisses traîner par moi à travers la vie, physiquement et spirituellement parlant. En voici un exemple : quand tu as voulu te marier dernièrement, tu voulais en même temps ne pas te marier, tu le concèdes toi-même dans cette lettre, mais pour ne pas avoir d'efforts à faire, tu désirais que je t'aidasse à faire échouer ton mariage, en t'interdisant cette union à cause de la "honte" qu'elle ferait rejaillir sur mon nom. Mais je n'y ai même pas songé. Et ceci parce que, là comme ailleurs, je ne voulais pas être un "obstacle à ton bonheur", et que, de plus, je ne veux pas que mon enfant ait jamais à m'adresser un pareil reproche. Mais cet effort que j'ai dû faire pour te laisser libre de te marier m'a-t-il servi à quelque chose ? Pas le moins du monde. Mon aversion pour ce mariage ne l'aurait pas empêché, au contraire, elle n'aurait pu que t'inciter davantage à épouser la jeune fille, car en te mariant, tu aurais mené à bien ce que tu appelles ton "essai de fuite". Et le fait que je t'ai permis ce mariage ne m'a pas épargné tes reproches, puisque tu fais la preuve que je suis, de toute façon, responsable de ton échec. Mais au fond, sur ce point comme sur les autres, tu ne m'as prouvé que ceci : tous mes reproches étaient fondés, il en manquait même un qui l'était particulièrement, celui de fausseté, de basse complaisance, de parasitisme. Ou je me trompe fort, ou tu utilises encore cette lettre comme telle pour vivre en parasite sur moi. »

À ceci, je réponds d'abord que cette objection — qu'on peut d'ailleurs retourner en partie contre toi — ne vient pas de toi, mais de moi. C'est que, rien, pas même ta méfiance à l'égard des autres, n'égale la méfiance de moi-même, dans laquelle j'ai été élevé par toi. Je ne dis pas que cette objection, laquelle, en soi, apporte encore des éléments nouveaux à la définition de nos rapports, soit dénuée de tout fondement. Il est clair que les choses réelles ne peuvent pas s'assembler comme les preuves dans ma lettre, la vie est plus qu'un jeu de patience ; mais avec le correctif apporté par l'objection — correctif que je ne peux ni ne veux exposer en détail, il me semble qu'on arrive malgré tout à un résultat approchant d'assez près la vérité pour nous apaiser un peu, et nous rendre à tous deux la vie et la mort plus faciles.

FRANZ

DÉCOUVREZ LES FOLIO À 2 €

G. APOLLINAIRE — *Les Exploits d'un jeune don Juan* (Folio n° 3757)

Un roman d'initiation amoureuse et sexuelle, à la fois drôle et provocant, par l'un des plus grands poètes du XXᵉ siècle.

ARAGON — *Le collaborateur* et autres nouvelles (Folio n° 3618)

Mêlant rage et allégresse, gravité et anecdotes légères, Aragon riposte à l'Occupation et participe au combat avec sa plume. Trahison et courage, deux thèmes toujours d'actualité...

T. BENACQUISTA — *La boîte noire* et autres nouvelles (Folio n° 3619)

Autant de personnages bien ordinaires, confrontés à des situations extraordinaires, et qui, de petites lâchetés en mensonges minables, se retrouvent fatalement dans une position aussi intenable que réjouissante...

K. BLIXEN — *L'éternelle histoire* (Folio n° 3692)

Un vieux bonhomme aigri et très riche se souvient de l'histoire d'un marin qui reçoit cinq guinées en échange d'une nuit d'amour avec une jeune et belle dame. Mais parfois la réalité peut dépasser la fiction...

S. BRUSSOLO — *Trajets et itinéraires de l'oubli* (Folio n° 3786)

Aux confins de la folie, une longue nouvelle vertigineuse par l'un des maîtres de la science-fiction française.

J. M. CAIN — *Faux en écritures* (Folio n° 3787)

Un texte noir où passion rime avec manipulation par l'auteur du *Facteur sonne toujours deux fois*.

A. CAMUS — *Jonas ou l'artiste au travail*, suivi de *La pierre qui pousse* (Folio n° 3788)

Deux magnifiques nouvelles à la fin mystérieuse et ambiguë par l'auteur de *L'Étranger*.

T. CAPOTE · *Cercueils sur mesure* (Folio n° 3621)

Dans la lignée de son chef-d'œuvre *De sang-froid*, l'enfant terrible de la littérature américaine fait preuve dans ce court roman d'une parfaite maîtrise du récit, d'un art d'écrire incomparable.

COLLECTIF · *« Leurs yeux se rencontrèrent »* (Folio n° 3785)

Drôle, violente, passionnée, surprenante, la première rencontre donne naissance aux plus belles histoires d'amour de la littérature mondiale.

COLLECTIF · *« Ma chère Maman… »* (Folio n° 3701)

Ces lettres témoignent de ces histoires passionnées de quelques-uns des plus grands écrivains avec la femme qui leur a donné la vie.

J. CONRAD · *Jeunesse* (Folio n° 3743)

Un grand livre de mer et d'aventures.

J. CORTÁZAR · *L'homme à l'affût* (Folio n° 3693)

Un texte bouleversant en hommage à un des plus grands musiciens de jazz, Charlie Parker.

D. DAENINCKX · *Leurre de vérité* et autres nouvelles (Folio n° 3632)

Daeninckx zappe de chaîne en chaîne avec férocité et humour pour décrire les usages et les abus d'une télévision qui n'est que le reflet de notre société…

R. DAHL · *L'invité* (Folio n° 3694)

Un texte plein de fantaisie et d'humour noir par un maître de l'insolite.

M. DÉON · *Une affiche bleue et blanche* et autres nouvelles (Folio n° 3754)

Avec pudeur, tendresse et nostalgie, Michel Déon observe et raconte les hommes et les femmes, le désir et la passion qui les lient… ou les séparent.

W. FAULKNER · *Une rose pour Emily* et autres nouvelles (Folio n° 3758)

Un voyage hallucinant au bout de la folie et des passions les plus dangereuses par l'auteur du *Bruit et la fureur*.

F. SCOTT FITZGERALD   *La Sorcière rousse*, précédé de
                          La coupe de cristal taillé (Folio
                          n° 3622)

Deux nouvelles tendres et désenchantées dans l'Amérique des
Années folles.

R. GARY   *Une page d'histoire* et autres
                          nouvelles (Folio n° 3759)

Quelques nouvelles poétiques, souvent cruelles et désabusées, d'un
grand magicien du rêve.

J. GIONO   *Arcadie... Arcadie...*, précédé de
                          La pierre (Folio n° 3623)

Avec lyrisme et poésie, Giono offre une longue promenade à la rencontre de son pays et de ses hommes simples.

W. GOMBROWICZ   *Le festin chez la comtesse Fritouille*
                          et autres nouvelles (Folio
                          n° 3789)

Avec un humour décapant, Gombrowicz nous fait pénétrer dans un
monde où la fable grimaçante côtoie le grotesque et où la réalité
frôle sans cesse l'absurde.

H. GUIBERT   *La chair fraîche* et autres textes
                          (Folio n° 3755)

De son écriture précise comme un scalpel, Hervé Guibert nous
offre de petits récits savoureux et des portaits hauts en couleur.

E. HEMINGWAY   *L'étrange contrée* (Folio n° 3790)

Réflexion sur l'écriture et l'amour, ce court roman rassemble
toutes les obsessions d'un des géants de la littérature américaine.

E.T.A. HOFFMANN   *Le Vase d'or* (Folio n° 3791)

À la fois conte fantastique, quête initiatique et roman d'amour,
Le Vase d'or mêle onirisme, romantisme et merveilleux.

H. JAMES   *Daisy Miller* (Folio n° 3624)

Un admirable portrait d'une femme libre dans une société engon-
cée dans ses préjugés.

F. KAFKA *Lettre au père* (Folio n° 3625)

Réquisitoire jamais remis à son destinataire, tentative obstinée pour comprendre, la *Lettre au père* est au centre de l'œuvre de Kafka.

J. KEROUAC *Le vagabond américain en voie de disparition,* précédé de *Grand voyage en Europe* (Folio n° 3695)

Deux textes autobiographiques de l'auteur de *Sur la route,* un des témoins mythiques de la *Beat Generation.*

J. KESSEL *Makhno et sa juive* (Folio n° 3626)

Dans l'univers violent et tragique de la Russie bolchevique, la plume nerveuse et incisive de Kessel fait renaître un amour aussi improbable que merveilleux.

R. KIPLING *La marque de la Bête* et autres nouvelles (Folio n° 3753)

Trois nouvelles qui mêlent amour, mort, guerre et exotisme par un conteur de grand talent.

LAO SHE *Histoire de ma vie* (Folio n° 3627)

L'auteur de la grande fresque historique *Quatre générations sous un même toit* retrace dans cet émouvant récit le désarroi d'un homme vieillissant face au monde qui change.

LAO-TSEU *Tao-tö king* (Folio n° 3696)

Le texte fondateur du taoïsme.

J. M. G. LE CLÉZIO *Peuple du ciel,* suivi de *Les bergers* (Folio n° 3792)

Récits initiatiques, passages d'un monde à un autre, ces nouvelles poétiques semblent nées du rêve d'un écrivain.

P. MAGNAN *L'arbre* (Folio n° 3697)

Une histoire pleine de surprises et de sortilèges où un arbre joue le rôle du destin.

I. McEWAN *Psychopolis* et autres nouvelles (Folio n° 3628)

Il n'y a pas d'âge pour la passion, pour le désir et la frustration, pour le cauchemar ou pour le bonheur.

Y. MISHIMA — *Dojoji* et autres nouvelles (Folio n° 3629)

Quelques textes étonnants pour découvrir toute la diversité et l'originalité du grand écrivain japonais.

MONTAIGNE — *De la vanité* (Folio n° 3793)

D'une grande liberté d'écriture, Montaigne nous offre quelques pages pleines de malice et de sagesse pour nous aider à conduire notre vie.

K. ÔÉ — *Gibier d'élevage* (Folio n° 3752)

Un extraordinaire récit classique, une parabole qui dénonce la folie et la bêtise humaines.

L. PIRANDELLO — *Première nuit* et autres nouvelles (Folio n° 3794)

Pour découvrir l'univers coloré et singulier d'un conteur de grand talent.

R. RENDELL — *L'Arbousier* (Folio n° 3620)

Une fable cruelle mise au service d'un mystère lentement dévoilé jusqu'à la chute vertigineuse...

P. ROTH — *L'habit ne fait pas le moine*, précédé de *Défenseur de la foi* (Folio n° 3630)

Deux nouvelles pétillantes d'intelligence et d'humour qui démontent les rapports ambigus de la société américaine et du monde juif.

D. A. F. DE SADE — *Ernestine. Nouvelle suédoise* (Folio n° 3698)

Une nouvelle ambiguë où victimes et bourreaux sont liés par la fatalité.

L. SCIASCIA — *Mort de l'Inquisiteur* (Folio n° 3631)

Avec humour et une érudition ironique, Sciascia se livre à une enquête minutieuse à travers les textes et les témoignages de l'époque.

P. SOLLERS — *Liberté du XVIIIème* (Folio n° 3756)

Pour découvrir le XVIIIème siècle en toute liberté.

M. TOURNIER   *Lieux dits* (Folio nº 3699)

Autant de promenades, d'escapades, de voyages ou de récréations auxquels nous invite Michel Tournier avec une gourmandise, une poésie et un talent jamais démentis.

M. VARGAS LLOSA   *Les chiots* (Folio nº 3760)

Mario Vargas Llosa, écrivain engagé, raconte l'histoire d'un naufrage dans un texte dur et réaliste.

P. VERLAINE   *Chansons pour elle* et autres poèmes érotiques (Folio nº 3700)

Trois courts recueils de poèmes à l'érotisme tendre et ambigu.

Composition et impression Bussière
à Saint-Amand (Cher), le 3 décembre 2002.
Dépôt légal : décembre 2002.
1ᵉʳ dépôt légal dans la collection : novembre 2001.
Numéro d'imprimeur : 26877.

ISBN 2-07-042206-2./Imprimé en France.